Herder Taschenbuch 1620

Über das Buch

Dieses Taschenbuch beinhaltet sehr persönliche Briefe, die wohl nur selten und oft auch nicht abgeschickt werden. Es mag eine Anmaßung dahinterstecken, in die Intimsphäre eines Menschen einzudringen, um ihm ein Stück weit die Maske vom Gesicht zu zerren ...! Menschen, die ihre Situation „falsch" annehmen, denen man Rat zukommen lassen möchte, sind die Angesprochenen. Die Denkanstöße sollen Hilfestellungen sein, um aus einer jeweils schwierigen Situation herauszufinden. Aber auch der Schreiber solcher Briefe entlastet sich durch das Schreiben. Ist das nicht oft eine Schwierigkeit zwischen Menschen: Wie sage ich die Wahrheit, ohne zu verletzen? Der Leser wird sich in vielen der hier mitgeteilten Schicksalen wiederfinden, so als seien die Briefe an ihn umadressiert – um ihm persönlich Mut zu machen, am Unvermeidlichen zu wachsen.

Über den Autor

Knud Eike Buchmann, Dr. phil., lehrt als Professor an einer Fachhochschule Psychologie und Soziologie. Sowohl als Trainer für Manager als auch als Psychotherapeut hat er vielfältige Einblicke in menschlich schwierige Situationen. Er ist Autor mehrerer Bücher, lebt in Bad Dürrheim im Schwarzwald und ist in geringem Umfang in einer psychotherapeutischen Praxis tätig. Er ist Briefschreiber.

Knud Eike Buchmann

Briefe gegen Lebenslügen

Herder Taschenbuch Verlag

Originalausgabe
erstmals veröffentlicht als Herder-Taschenbuch

Buchumschlag: Walter Emmrich

Herder Freiburg · Basel · Wien
Herstellung: Freiburger Graphische Betriebe 1989
ISBN 3-451-08620-4

Inhalt

Einleitung
zu den sehr persönlichen Einmischungen

Wann schreibt man wem Briefe? Wenn man verpflichtet ist? Wenn es einem dazu drängt? Wenn das Gespräch schwierig ist? Wenn das Telefon kaputt ist? Wenn die Nachricht eine besondere Bedeutung haben soll?... Es mag viele Gründe geben. Ein Grund für mich ist immer wieder, Lebensereignisse oder Beziehungen zu Menschen zu klären. Im Hin-Schreiben wird man sich klarer, wie ein oft verschwommenes Gefühl wirklich aussieht.

Die geschriebene Botschaft hat für den Leser eine ganz andere Bedeutung als das rasch gesprochene Wort: das Geschriebene hat eine viel stärkere Verpflichtung, sich mit den Gedanken des Schreibers auseinanderzusetzen. Es mag in vielen Fällen ein großer Vorteil sein, wenn der Leser nicht sofort antworten muß – oder aber gar nicht aufgefordert sein muß, zu antworten. Er mag den Text auf sich wirken lassen. Stets wird er einen Anteil der Persönlichkeit des Schreibers mitreflektieren ...

Die vorliegenden Texte stellen „Einmischungen" dar: fiktive als auch sehr konkrete Beispiele, oft „mit angezogener Handbremse", zuweilen ein Stück jenseits der Grenze der „Schonung" versuchen sie eines: Ehrlichkeit gegenüber einer Störung im zwischenmenschlichen Bereich. Diese empfundene Störung wird als Quelle der nachdenklichen Einmischung gesehen.

Ist es nicht oft so, daß wir uns im direkten Gespräch nicht getrauen, die „wirkliche Wahrheit" zu sagen? Wir schleichen umeinander herum. Wilhelm Busch hat das in seiner vortrefflichen Art „lieb" ausgedrückt:

Da lob ich mir die Höflichkeit,
das zierliche Betrügen:
Du weißt Bescheid, ich weiß Bescheid,
und allen macht's Vergnügen.

Im schwierigen Konfliktgespräch werden oft die sensiblen Gedankenfragmente vom sich bedroht fühlenden Gegenüber „erschlagen“, wie man Frühlingsblumen mit dem Hammer pflückt ...! Wünsche, Bedürfnisse, Veränderungsvorschläge ... auch Noch-Unsicherheiten werden viel zu häufig auf dem Amboß der kalten Vernunft plattgeschlagen ... Schade. Aus den Träumen, Visionen, Hoffnungen ... wird der Sensible nur allzu rasch in den „geistig-gesitteten Handschellen“ der Wohlanständigkeit und der halbverlogenen Sicherheiten „abgeführt“. Jede Neuerung wird (ist das für unseren Kulturkreis besonders bezeichnend?) als existenzielle Bedrohung der Persönlichkeit erlebt – nicht aber als das, was sie in den allermeisten Fällen sein kann: eine Chance!

Dort, wo Bauchgrimmen oder Herzschmerzen, wo verhaltene Wut oder lähmende Ohnmacht erlebt werden, muß *wenigstens* gesprochen werden! Es ist wohl so, daß nichts mehr *entlastet* als das mitgeteilte Empfinden. So gesehen ist unser Zeitalter der perfekten „intergalaktischen Kommunikation“ eine zutiefst sprachlose Zeit. (Hier soll Sprache als lebensverbessernde Verständigung gesehen werden – dazu gehören auch sehr viele „nicht-sprachliche Sprachen“ ...).

Ehrliche Briefe wirken oft verletzend. Sie stellen aber – wie ich meine – hervorragende Möglichkeiten dar, zu klären, was zu klären ist. Die Mühe, einen „Einmischungs-Brief“ zu schreiben, nimmt nicht jeder auf sich. Die Mühe *sollte* es wert sein, daß der Empfänger (sofern es den noch gibt!) diese Maßnahme als höchstes Interesse an seiner Person und am wechselseitigen Lebensprozeß versteht.

Manchmal mag man solch einen Brief schreiben und ihn dann doch nie abschicken, weil man zu wissen meint, wie der Empfänger reagiert: „Klappe zu“, Kontakt abbrechen, schmollen, aus dem Wege gehen ... Das wäre schade. Wenn es aber so wäre: ist es dann nicht besser, als auf einer eher lügenhaften Basis weiter miteinander umzugehen? Ist „zierliches Betrügen" wirklich besser in Beziehungen, die mir etwas bedeuten? Vertrauenvolle Offenheit ist m. E. *die* Grundlage für Beziehungen schlechthin. Wer sich verstekken muß oder will, sabotiert die Beziehung, die ihm nur scheinbar wichtig ist! Wichtiger ist ihm seine „Ruhe", sein „Frieden" ... aber das sind meistens längerfristig krankmachende Zustände der Seele! Jeder weiß es. Tief in unserer Person haben wir einen „geheimen Mitwisser" (das Gewissen), der uns, wenn wir ehrlich gegen uns selber sind, sehr genau sagt, was richtiger wäre ... Hören wir mehr auf unseren inneren Ratgeber ...

Liebes Ehepaar!

Es war – eigentlich wie immer – nett bei Ihnen gestern abend. Die liebenswerte Mühe Ihrer Vorbereitungen überbot bei weitem, wollten wir konkurrieren, unseren kunstfertig gebundenen kleinen Gast-Blumenstrauß. Die angenehme Wärme und Weite Ihrer schönen Wohnung korrelierte mit Ihrer Art, Gastgeber zu sein.

Sie baten uns zu einem mit soviel Sorgfalt zubereiteten italienischen Essen – alles war, auch die Farben, aufeinander abgestimmt. Erlebten Sie es als faux-pas (schwäbisch: Fopa!), daß wir nicht den adäquaten „Italiener", sondern den herben weißen „Franzosen" wählten?

Das Licht der Kerzen konzentrierte uns um den runden Tisch – die nichtbeleuchtete Weite war im Dunkel und weit weg. Wir parlierten über dieses und jenes, machten geistreich artige Komplimente, versteckten klein-spitze Bosheiten, um den anderen etwas auszuloten, aßen langsam und voller Freude, erörterten Vergangenes, spekulierten ein wenig Zukünftiges, holten gemeinsame Bekannte oder Freunde gedanklich in die Runde ... und plötzlich war die Zeit herum ... Am nächsten Tag sitze ich nun in der spätaufgehenden Wintersonne – und lasse so den Abend, nein: eigentlich Sie! an mir vorüberziehen.

Nichts will ich anders getan haben – und doch ist da ein Gefühl des „Es hätte doch auch anders sein können!"

Waren wir in freund(schaft)licher Verbundenheit nicht miteinander viel zu oberflächlich – nett? Wir mieden fast völlig das aktuelle Thema des lebensbeeinflussenden

Nicht-so-gesund-Seins, was uns ja aus akutem Anlaß in dieser kleinen Gruppierung so schmerzlich trifft. Wir wandten die gesunden Teile unseres Seins – nämlich unsere Köpfe oder Gehirne einander zu. Haben wir das Belastende, das uns Bewegende „unter dem Tisch" gelassen? Haben wir, habe ich, geschwiegen wie Parzival? Ich erlebte das ein wenig so. Unsere flüchtig-raschen Gedanken ließen kaum Besinnungspausen zu – und: vielleicht suchten wir ja auch vorwiegend das leichte Gespräch?

Es gibt zwischen den unterschiedlichsten Seelen doch wohl so etwas wie eine wechselseitige Freigiebigkeit von Körpern *und* Seelen. Sicherlich wäre das auch das Ergebnis von Stunden, wie wir sie gestern und schon mehrmals erlebten – von Momenten und Monaten oder Jahren in den unterschiedlichsten Sphären und Erlebensweisen. Wir haben die sehr persönliche Empathie, die Sprache, nein: die Botschaften des Anderen zu verstehen. Und es gehört doch zu unserer (auch intellektuellen) Redlichkeit, wahrhaftig gegen unsere anderen Menschen zu sein. Deshalb „muß" ich diese Gedanken fassen – als Worte niederschreiben.

Unsere Zusammentreffen müssen nicht „fahrlässige Simplifikationen" eines doch weiten Bewußtseins sein – das wäre m. E. eine schlimme Form des Sinnverlusts von Menschenbegegnungen. Aber andererseits können und sollen wir nicht krampfhaft versuchen, „Tiefe" zu schaffen, wo die Neigung zur Gelöstheit dominiert.

In unserer Beziehung können Zuversicht und Sicherheit eben gerade darin ihre Bedeutung erfahren, daß wir bemüht sind, Wahrheit, Echtheit, vielleicht auch (Seelen) Tiefe zu erreichen und nicht darin, daß wir sie erreichen müssen!

Bei Rollo May fand ich ein aufschlußreiches Wort: „Es ist ein Problem, das aus unserem Menschsein entsteht; das entsteht, weil wir in uns einerseits eine unendliche Vielfalt und Fülle, auf der anderen Seite aber Eintönigkeit und Banalität beherbergen, weil unser Wesen gekennzeichnet ist durch den Kontrast zwischen der Großzügigkeit, die in uns liegt; und äußerster Gemeinheit, zu der wir ebenfalls fähig sind. Weil wir mit bewundernswürdiger Vernunft begabt sind und dennoch im ständigen Konflikt mit unserem erschreckend irrationalen Verhalten geraten. Weil wir an einem Tag voller Freude und schöpferischer Kraft sind und schon am nächsten erkennen müssen, daß unsere Hinneigung zu Verzweiflung und Selbstzerstörung sich nicht im geringsten verändert hat."

Trifft Sie das? Ist es treffend? Berührt Sie das wie mich – oder ähnlich? Wenn wir schon zuweilen Ängste vor uns selber haben, sind sie dann nicht zwischen uns „normal"? Wie verhalten wir uns zu uns selber in solchen erlebten Situationen der Ängstigung? Wenn ich aber darüber nachdenke, ist's mir so, als könnten oder sollten wir „mehr" aus unseren Zusammentreffen machen. Die tiefe Neigung bei Ihnen über existenzielle Fragen nachzudenken, steht in einem bei mir oft erlebten Widerspruch zur Fülle Ihres Gastgebertisches. Ich möchte Sie einmal – was hiermit vorerst ohne Termin geschieht – zu einer sehr „armen Brotmahlzeit" einladen. Vielleicht finden wir beim gemeinsamen Brot Zeit für die uns doch auch gemeinsam bewegenden Fragen und Probleme? Ich kann so vieles von Ihnen lernen – und wir müssen uns in unserem Zugeneigtsein (ich habe sehr dankbar und intensiv Ihren doppelten Händedruck zum Abschied gespürt!) nicht hinter Nettigkeiten verbergen.

Sie tragen: Verantwortung für sich, eine kleine Familie und eine solide Firma – für Menschen. Sie sind beide ernstfröhliche Menschen. Ich erlebe Sie hochinteressiert an allem, was um Sie herum geschieht. Sie lesen viel, hören, nein: erleben Musik – und sind nach außen stets so „wohlerzogen-diszipliniert". Ich spüre die unglaubliche Dynamik in und zwischen Ihnen – ich erahne Ihre Energie hinter dem nach außen so sanft wirkenden Naturell. Und ich phantasiere auch Ängste, die Sie leben! Ich erlebe auch meine Ängste, eine direkte Ansprache des Tabuisierten! Die schleichende, hinterhältige Krankheit, die Sie so oft zwingt, so zu tun, als wäre sie kein Thema. Kann ich soweit gehen zu denken, daß unsere „wechselseitige Rücksichtnahme" doch auch zu seelischen Schäden unserer so zart-guten Beziehung führen könnte?! Oder sind eher diese Zeilen dafür verletzend? Zweifel! Ich lerne immer mehr, daß ich Zweifel zu Ende denken muß. Daß ich mich nicht an verschlossenen Türen, die zum anderen führen, feige vorbeischleichen darf. Daß ich nicht warten darf, bis „der andere" sich rührt und auf mich zugeht … Es ist mir so leid, auf einem Friedhof „nur im Gedenken" Worte der Zuneigung zu sagen, die ich mich im Leben nicht zu sagen getraute … Ich wünsche mir Offenheit, Vertrauen, Angstfreiheit … eben humanere Intimität mit mehr Menschen als nur mit dem einen Partner, den man vor vielen Jahren wählte und mit dem man sich so gut versteht. Wir sollten uns auch besser verstehen, weil wir es könnten.

Können wir „Berührungsängste" aufgeben, sie weiterreichenden Zielen unterordnen? Oder sind Sie als schöpferischer Mensch besonders anfällig hinsichtlich potentieller Angst?

Ich meine, wir müssen für emotionales Wachstum Sicherheiten aufgeben. Nicht nur eine Krankheit, ein persönlichkeitserschütterndes schlimmes Ereignis (z. B. eine Gewalttat, Entführung o. ä.), Depressionen oder ein Menschenverlust sind Krisenphasen für persönliches Wachsen – diese Wachstumsschmerzen der Person finden wir auch in der hohen Stimmung personal-individueller Zugeneigtheit. Persönlichkeitsentfaltung stellt einen immer neuen Prozeß der Interaktion dar. Wir sind keine Einzelwesen – und wir sind libidinös nicht monogam! Eine tragende Menschenbeziehung reift in der Fähigkeit, sich dem anderen Wesen eben dieses Menschen hinzugeben und gewohnte Sicherheiten zugunsten neuer Erfahrungen aufgeben zu können.

So bewegen Sie mich. So lasse ich mich bewegen. Wollen wir uns aufeinander zu bewegen? … Ich bin schon unterwegs.

Herzlichst

An die „getrennte" Frau des Freundes, die selber Freundin war!

Hallo, liebe Marga!

Nun versuche ich doch noch einmal, mit Dir ins Gespräch zu kommen, diesmal schriftlich – und ich denke, daß mir ein Teil meines Unwohlseins dadurch auch genommen werden könnte! Aber sieh es bitte nicht allein als „Eigen-Entlastung" an, daß ich Dir schreibe. Ich schreibe Dir, weil ich Dich immer noch, wenn auch anders, mag. Peter, mein Freund in besseren und auch strengeren Zeiten, hat Dich nach fast 20jähriger Ehe verlassen. Du hast ihn verloren an eine andere, jüngere Frau. Man spricht in dieser Kleinstadt davon: Der bekannte Kieferchirurg hat seine Frau und seine Kinder verlassen, um mit einer weitaus jüngeren Frau zusammenzuleben ...!

Es tut mir weh, wenn die Leute sich mit ihrem Allerleutewissen über Euch, Euer Empfinden und Erleben hermachen, gar Schuld zusprechen, Strafen austeilen. „Aber sie soll auch nicht so ohne gewesen sein ..." ahnt eine Schadenfrohe ... „Na, bei dem Mann", höre ich einen Besserwisser! Ich greife ein – und kann, will letztlich nichts sagen; denn „es geht mich doch nichts an", sagt man! Genau darüber möchte ich mir klarwerden. Freunde in ihrem Glück wie Leid gehen mich etwas an! Ich hasse zunehmend die vornehme Zurückhaltung der wissend-lächelnden Schweiger, der leise sprechenden Ahnungsschwätzer, der gemeinhäßlichen Bessermacher!! Ich will Dir zu Deiner Unsicherheit auch die meine vor die Füße kehren, Dir meine Hilflosigkeit signalisieren und fragen, ob wir damit gemeinsam etwas anfangen können oder wollen?

Eure Beziehung war schon lange brüchig geworden. Ihr

habt Euch bemüht, sie zu retten. Teure Therapeutenhonorare sind zu namhaften Psychiatern geflossen – und Eure Bemühungen waren/wurden zunehmend mühevoll! Jeder suchte sich, so zur Sicherheit, seine sensible Verstehensecke, indem er andere, unabhängig voneinander, ins Vertrauen und dann auch ins Bett zog (oder wurdet Ihr gezogen? Hat jemand Eure momentane Schwäche verantwortungslos, schamlos genutzt?!). Dort Verstehen findend, bemühtet Ihr Euch hier, daß der andere verstehen sollte! „Versteh mich doch!" stand dem: „Ich verstehe Dich!" im Weg. Verstelltes Verstehen! Je mehr Ihr Euch scheinbar bemühtet, um so mehr driftete die gemeinsam mögliche Freude auseinander. Du magst hier widersprechen. Laß es mich bitte so sagen, wie ich's erlebte. Im Wohlstand flüchtete Peter in seine Arbeit; Du in die Religion, in die Musik. Der morgendliche Musikoberlehrer lehrte Dich auch vieles zwischen den Notenlinien. Ein Verhältnis, welches Peter nicht verborgen blieb. Längst bevor er's Dir sagte, wußte ich davon und war zum Schweigen gefesselt. Ich zog mich von Euch zurück! Peter hatte ein gutes Alibi, weiterhin das zu tun, was er schon immer tat: in den Schlupflöchern seiner Talente verschwand er immer wieder, um Seelenkraft zu tanken. Freundinnen halfen ihm dabei.

Wann würde es „knallen"? Wo würde bei wem die Sicherung durchbrennen? Viel später als von mir erwartet, kam es dann zu jener wohnlich-sachlichen Trennung, der ja schon lange zuvor die Trennung der Betten vorausgegangen war.

Jetzt war sichtbar für alle, was wir Freunde ahnten, wenige wußten. Zugegeben, ich habe alles aus Peters Sichtweise angeboten bekommen – aber: Er hat sich einerseits stehts um Objektivität bemüht, und ich habe andererseits seine Haltung nie voll getragen – und ihm das auch gesagt.

Du hast es geschafft, bei „den Leuten" als arme, betrogene Ehefrau dazustehen. Das hat mich geärgert – und ärgert mich! Aber ich habe dazu geschwiegen.

Jetzt kämpfst Du um Deinen Mann. Setzt die Kinder ein.

Drohst. Klagst. Mich schneidest Du. Unnahbar versteinert Dein Gesicht, Dein Wesen, wenn wir uns irgendwo im Zufall treffen. Ich mag Dich noch in Deinem Leid, wie ich Dich zugleich in Deiner grimmigen Abwehr bedaure! Ich habe Dir nichts Böses getan. Aber laß uns versuchen, einen begehbaren Weg zu finden – oder laß uns uns fremd sein.

Ich will in meiner Unsicherheit versuchen, Dir Gedanken zu denken, die Du im Gefängnis Deiner Zelle aus Kummer, vielleicht Haß und Verzweiflung nicht denken kannst!

Die tiefe narzistische Kränkung, die Du erfuhrst und täglich neu erleidest, muß überwunden, verarbeitet, umgestaltet werden. Dein schwer verletztes Selbstwertgefühl muß/sollte repariert werden. Da sind alle nett gemeinten „Sprüche" von außen zwecklos! Du mußt etwas finden, was Dir Stärke gibt. Im Glauben allein wird es Dir kaum gelingen! Du mußt etwas tun! Lamoryantes Geklage vor Freunden, Fremden und Rechtsanwälten macht Dich noch hilfloser, noch schwächer! Die Flucht in die totale Kinderbetreuung macht Dir Deine Kinder fremd oder sklavisch. Das So-tun-als-ob-nichts-wäre ist letztlich nicht möglich. Die hohe Summe Geld, die Du bekommst, das große (zu große) Auto, das Haus, alle bezahlten Steuern, Versicherungen usw. sind vielleicht angemessen. Aber es sind zum Teil Gnadengaben, die Dich wie Fesseln nicht gehfähiger machen.

Nach dem Verstehensdefizit kommt nun das Seinsdefizit, weil Du zu viel hast! „Tu etwas", sagt sich leicht. Was? Gut – oder nicht gut – in Deinen Beruf wirst Du kaum zurückkehren können. Einen „hilfreichen" Schein-Vertrag (bei einem entgegenkommenden Kollegen) solltest Du ablehnen. Eine Bürotätigkeit o.ä. wäre Dir fremd. Also: Geh mit Menschen um! Die Sorge für behinderte, kranke, auch sterbende Menschen setzt sehr viel Liebe (die hast Du!), Disziplin (um die mußt Du kämpfen!) und Redlichkeit (die kannst Du lernen!) voraus. Es gibt keine Planstellen, aber es gibt – bei Deinen Bezügen gar kein Problem – die Nächstenliebe „einfach nur so"! Zu helfen, zu pflegen, zu lindern ... gibt Dir ein großes Gefühl von „guter Stärke". Wer Hilfe benötigt, sollte welche erbringen! Das relativiert auch Leid! Grübelnd zu warten, wer sich Deine Geschichte anhört, macht zunehmend depressiv. Klagsam vergraulst Du alle Freunde. Verbittert zerstörst Du Dein Äußeres und Deine Liebesfähigkeit. Allein-Gelassen fesselst Du die Kinder zu Eurem „Niedergang" liebend-autoritär an Dich. Tu etwas! Was wäre noch denkbar?

Finde Menschen, die Dich neu kennenlernen. Die Dich, so wie Du bist, mögen und nicht so, wie Du warst. Mach sicher, daß Du nicht Mitleid zur Basis neuer/alter Freundschaften legst. Es gibt Fortbildungs-, Selbsterfahrungs- oder andere Begegnungskreise. Über die Kirchenorganisationen können Dir pflegebedürftige Menschen „empfohlen" werden. Frisch eingeschlafene Beziehungen zu entfernten Freunden wieder auf – Deine Zeit und Dein „Vermögen" reichen weit über Dein Haus und den kleinen Garten hinaus. Also: setz Dich hin, schreib auf, welche konkreten, neuen Menschenkontakte Du neu wirst pflegen wollen ...

Sei sicher, daß der Wunsch, Menschen kennenzulernen, diese Botschaft spürbar macht: Du wirst dann Menschen anziehen.

Aber vor allem: versuche, Deine Kränkung zu überwinden! Ja, Du bist die Schwächere von Euch beiden gewesen – und bist es sicherlich auch noch. Als „abgeschobene Hausfrau" ausgetauscht zu werden, ist unendlich verletzend. Kann ich mir anmaßen, diesen seelischen Schmerz zu verstehen, ihn nachzuvollziehen? Kaum! Aber ich weiß, daß Seelenschmerz durch „Arbeit an der Person" überwindbar ist. Und ich weiß, daß oft ein Wegweiser schon aus dem trüben Nebel des allumfassenden, alles bestimmenden Leids herausführen kann. Mehr können wir Freunde außen kaum tun, als Richtungen anzugeben! Vielleicht darf ich – u.a. durch diese Zeilen – versuchen, Dir ein Stück Weg die Hand zu reichen, um Dir Mut zur Bewegung zu machen? Hinter den Nebelbänken ist Licht! Und Begegnung!

Kränkungen zu überwinden setzt voraus, eigene „Schuld“anteile zu bearbeiten. Schuld erwächst aus willentlich-wissendem Versagen. Tatest Du etwas mit absichtlicher Bosheit? Ließest Du im Angesicht des möglich Kommenden der „Schwäche“ freien Lauf – irrational hoffend, es würde sich letztlich schon alles (gut!) wenden? Hast Du unterlassen, zu klären, zu schlichten, zu lieben … als es dazu Zeit und Gelegenheit gab? – Sich solche Fragen nicht zu stellen, hieße, ohne gutes Fundament zu bauen! Laß Peter Peter sein. Laß auch Dein Jetzt nicht von irrationalen Hoffnungen und Wünschen bestimmt sein. Kläre! Finde eine momentan neue Plattform – nichts muß endgültig sein. Aber schlage Pflöcke ein, damit nicht Dein gesamtes Seelenleben wie ein Schneebrett beim Wetterwechsel zu Tal rauscht!

Bei allem, was war, mußt Du es Dir, Deinen Kindern, vielleicht auch Deinen Freunden wert sein, daß Du Dich weiterhin annimmst und einen Sinn im Leben und im Jetzt suchst und findest. Können wir Dir dabei helfen? Gib Dich nicht damit zufrieden, gefühlsmäßig nicht vollständig, nicht perfekt zu sein!

Wenn Du meinen Worten bis hierher gefolgt bist, hast Du m. E. schon etwas sehr Wichtiges getan: Du hast andere (nicht schlechtere, nicht bessere, nur andere!) Gedanken zugelassen. Ich weiß aus meiner Arbeit mit Menschen in der Krise, was das Mitdenken, Mitfühlen … auch Weiterdenken, Weiterfühlen … bedeutet. Zu rasch erleben wir uns krisenhaft in der verschlossenen Flasche, abgetrennt vom übrigen Leben – und insgeheim fürchtend und hoffend zugleich, jemand möge den Korken entfernen und „frische Luft“ ins Gedankengrau lassen!

Tu was! Was noch? Bring Dich körperlich in eine blendende Verfassung. Überwinde blasse Trägheit, grüblerische Passivität des Leibes. Gewinne Freude am Da-draußen, an der Natur, an den Phänomenen unserer Welt. Was ist unser persönliches Leid gemessen an den Wunden unserer Erde; was sind selbstgemachte Wohlstandsprobleme im Vergleich zu Hungerkatastrophen und Folterungen?! Zugegeben: unser persönliches Leiden verstellt uns stets den Blick für das Große, das andere. Aber eben genau in das uns umgebende andere einzutauschen relativiert ein Stück unsere empfundenen Schmerzen. Geh aus Dir heraus! Nach dem „Geh in Dich" ist dieser mögliche Rat durchaus nicht widersprüchlich!

Um Deinen „Wert" jetzt und später zu erfahren, mach Dich irgendwo kompetent. Werde „Fachfrau" für irgend etwas! Wenn man Dich fragt, Deinen Rat, Deine Hilfe ... sucht, wirst Du Dich benötigt erleben. Eure Kinder werden Dich sehr bald nicht mehr als Mutter beanspruchen. Und das sollte Dir recht sein. Vielleicht kannst Du malen, musizieren. Oder Expertin in einer Bildungsinstitution werden. Du kannst Dich positiv selbst motivieren. Tu irgend etwas gern und gut. In diesem Zusammenhang solltest Du auch Deine Tagesenergien bündeln – und nicht verplempern. Ordne Deine Kräfte einer größeren Sache zu oder unter. „Es kostet genausoviel Leben und Lebenskraft, Lebenszeit und Lebensmut ein sinnloses, sorgenreiches, selbstquälerisches Leben zu führen wie ein Leben der sinnvollen Entscheidung, der entschlossenen Leistungsbereitschaft, der aktiven, positiven Selbstkontrolle" – finde ich in einem Beitrag über Führungstechnik. Und Du mußt Dich jetzt führen!

Und noch ein Aspekt: Die jetzt erlebte, schwere Krise magst Du als Mißerfolg in der Erfüllung einer mehr oder weniger gut definierten Lebensaufgabe sehen ... damit ist aber nicht Dein Leben oder das Leben allgemein aller Möglichkeiten zur Sinngebung entledigt. Zugegeben: Die Enttäuschung über Peters Verhalten, über Eure Unfähigkeit, Euer Leben gemeinsam wohl zu gestalten, ist schlimm. Oder ist sie nicht doch auch gut? Die Ent-Täuschung nimmt Euch die Täuschung Eures scheinbaren Glücks. Oder hättest Du lieber im Getäuscht-Sein weitergelebt? Gewinnst Du in dieser Zeit ein neues Verhältnis zur Realität Deines täglichen Lebens? – Wir leben in einer Zeit, die die

Männer mit mehr Vorrechten ausstattet, als es Frauen ermöglicht wird, solche Privilegien wie selbstverständlich in Anspruch zu nehmen. Aber: *Wenn* Frauen um ihr Selbstverständnis ringen, sind sie vermutlich auch rasch in ein anderes Selbstwertgefühl gewachsen. Ich wünsche Dir sehr, daß Du den Weg zu einer (Deiner) positiven Selbstachtung finden magst. „Streichelnde" Worte von außen sind längst nicht soviel wert, wie jenes Gefühl der Sicherheit zu sich selber. Und das mußt Du aus einem Leben positiver Selbstachtung – aus Dir selber – heraus erarbeiten. Jeder Detailerfolg, alle positiven Klein-Erfahrungen, alles Gelungene, jedes aktive Tun, was Freude schenkte ... sind Mosaiksteine zur Selbstachtung.

Als letztes wage ich einen Punkt anzusprechen, der mir hochbedeutsam erscheint: Trage keinen Haß in Dir! Du warst umgeben oder Ihr wart eingebettet in Schwäche; aber nicht in Bosheit. Verletzt Euch nicht. Leben bedeutet Zusammenleben; das „Zusammen" bedeutet eben leider auch: Nebeneinander – aber in Frieden. Wenn Peter jetzt mit einer anderen Frau lebt – hasse weder sie noch ihn deswegen. Neide ihnen nichts. Vielleicht machst Du die wichtigeren, intensiveren, ehrlicheren Erfahrungen.

Merkst Du, wie wenig ich weiß? Ob Du (sicherlich!) zwischendurch irgendwo zornig geworden bist, weil ich etwas „völlig falsch" sah?! (Oder sah ich's nur ganz *anders* als Du?!). Ich möchte mir wünschen, wir fänden einen Weg des Miteinander-Sprechens, des Miteinander-Lebens. Wir sollten uns unserer Freundschaft, unserer selbst willen ... nicht unnötig einschränken!

Darf ich noch sagen – ich möchte es –

in herzlicher Verbundenheit

Ein Brief an einen Manager,
den er seiner Frau lieber nicht zeigt!

Hallo Bernhard,

unser letztes Gespräch hat mich – wiederum – sehr nachdenklich gemacht, ja, sogar mit einer gewissen Portion Grimm erfüllt. Du bist das, was man einen erfolgreichen Manager nennt. Und ich verstehe von Eurem Job eigentlich gar nichts. Aber ich verstehe etwas von Menschen, von Gesundheit und Wohlbefinden – und – verzeih die emotionale Sprache – ich mag Dich und nehme ja zuweilen Anteil an Deinem und Einblick in Dein Leben und in das Leben Deiner Familie.

Laß mich Dir einige Gedanken denken – nicht, daß ich Dir etwas abnehmen könnte oder wollte, noch daß ich mich als „Lehrmeister" aufspielen möchte. Diese Gedanken sind entstanden auf der Grundlage von Sympathie, Fachkompetenz und Zeit. Nimm sie hin, laß sie vielleicht wirken, denk sie weiter und konkretisiere sie für Dich, Deine Situation. Ich kann das letztlich nur relativ allgemein sagen.

Und noch eine kurze, fast häßliche, weil beinahe manipulative, Vorbemerkung: Du wirst vielem nicht zustimmen können oder wollen. Wir Psychotherapeuten haben dafür schöne Begriffe: Abwehrmechanismen im weiteren Sinne wie Verleugnung, Verdrängung, Übertragungsmechanismen, Abwehr, Rationalisierung ... Tatsache ist wohl, daß ganz besonders der Intellektuelle dazu neigt, als wahr erkannte „Persönlichkeits-Schwächen" nicht wahrhaben zu wollen. Ich werde darauf später eingehen. Schon jetzt möchte ich, der Fairneß wegen, Dich auf meine mögliche Doppelbindungs-Strategie aufmerksam machen: je mehr und intensiver Du Tatbestände, die ich hier anspreche, leugnest, um so eher treffen sie bei Dir vermutlich zu!

Nun zur Sache; denn Deine Zeit ist ja knapp (wer weiß, ob Du bis hierher noch ruhig geblieben bist?!).

Nun, stellen wir einmal fest, worauf wir uns beide verständigen können:

- Du hast extrem wenig Zeit, für die „Dinge des Lebens, die das Leben auch schön machen" (ich denke an Sport, Familie – und Freizeit i. w. S.).
- Du hast eine hohe Verantwortung bei Deiner Arbeit (hinsichtlich personeller und materieller Entscheidungen)
- Du hast, nach Deinen Angaben, eine hohe Entscheidungsbefugnis.
- Deine Arbeit, Dein Engagement machen Dir Freude, geben Dir Befriedigung.
- Dein Lebensstandard (und der Deiner Familie) ist hoch, Eure Ansprüche an Lebensführung sind erheblich gewachsen in den letzten Jahren.
- Deine Mobilität ist groß – Du könntest (sagtest Du einmal) überall in der Welt leben und in dem Job arbeiten.
- Du würdest allerdings nie! – sagtest Du – einen Nur-Büroposten mit 8-Stunden-Mentalität (um halb-fünf fällt dem Maurer die Kelle aus der Hand ...) einnehmen wollen.

Vielleicht ließe sich die Liste noch fortsetzen – ich weiß es nicht genau. Ich werde diesen Punkten jetzt einmal jene gegenüberstellen, die die Abhängigkeit und Ohnmacht Deiner Position verdeutlichen. Sicherlich werde ich hier nicht (immer) Deine Zustimmung bekommen – vielleicht aber jene Deiner Familie, Deiner drei älter werdenden Kinder – und: vor allem die stille Zustimmung Deiner Frau! (Und das sollte bei Dir schon zählen! – Andererseits könnte ich auch gut jetzt einen einsetzenden Mechanismus verstehen: Deine Frau solidarisiert sich durch den „Angriff von außen" verstärkt mit *Dir* und sagt etwa: „Na ja, *sooo* schlimm ist es ja nun wirklich nicht!").

Ich will Dir zu den oben aufgeführten Punkten meine anderen Gedanken mitteilen:

– Du hast Dich hinsichtlich Deiner Zeiteinteilung falsch entschieden! Du läufst Deinem eigentlichen Leben hinterher; Du kannst von den Dingen, die wir früher gern gemeinsam taten, die Du heute mit Deiner Familie tun möchtest, kaum etwas verwirklichen. Du selber gibst dem Folterrad, auf das Du Dich hast schnallen lassen, auch noch ständig Anschwung.

– Du bist, fassen wir die beiden nächsten Punkte zusammen, ohnmächtig – mächtig. Du mußt handeln, entscheiden – und kennst Dein Risiko. Das bestehende ökonomische System, das Du ja verkörperst, funktionalisiert den Menschen unmenschlich wie eine Maschine, unterwirft ihn den Produktionsabläufen und -gesetzen ...

Und wenn eine Maschine defekt wird, rangiert man sie aus. Das weißt Du genau – das ist Deine Angst, die Du Dir nicht eingestehen darfst, weil Du ja keine Maschine bist, weil Du ein verantwortlicher Chef bist, weil Du Befugnisse hast ... Du kannst mit Deiner Unterschrift über Geldsummen, Dienstreisen nach Japan oder Amerika, Material und weiß der Kuckuck was entscheiden – aber ob Du einmal vorzeitig – also so gegen 18.00 oder 19.00 Uhr Deinen vollklimatisierten übercomputerisierten Betrieb verlassen kannst (oder darfst!!) – das liegt nicht in Deiner Macht. Achselzucken, Augenbrauen-Hochziehen ahne ich in diesem Moment bei Dir ... „Natürlich *könnte* ich, aber ...“ Na ja, ein „Laie“ wird's doch nicht verstehen. Nein, gib es zu: Du bist ohne Macht, wirklich ohne richtige Macht, was Dein Leben, Deine Gesundheit angehen!

– Dieser Punkt mit der Befriedigung. Na ja, stimmt sicherlich. Vielleicht sollte ich da gar nicht viel d'ran rumdenken. Du bist unerhört fleißig, aktiv, engagiert. Wofür? Klar: damit der Laden läuft, Produktion, Umsatz – und jetzt kommen die edleren Motive: Vollbeschäftigung, Bruttosozialprodukt usw. Aber Deine Arbeits-Sucht, ja, es ist eine Abhängigkeit!, ist Flucht oder Auch-Flucht. Flucht vor der

Sinnfrage. Du erlebst (noch) Befriedigung – aber vermittelt Dir Deine Arbeit noch einen Sinn? In der Hierarchie stehst Du oben – ziemlich allein, erlebst – im Gegensatz zur Studien- und Anfängerzeit – intensiv den „Gemeinschafts-Verlust“, erlebst, wie alles auf und an Dir hängt. Die stürmischen Veränderungen in Eurem Wirtschaftszweig treiben Dich und Euch in ein sinnloses Konkurrenz- und Profit-Denken: billiger, schneller, schlauer ... als der Konkurrent! Vielleicht fliehst Du auch in totale gesellschaftliche Utopien – Euer Betrieb oder Konzern wird das Rennen machen ... Ideen, Gedanken nach außen ... keine Innerlichkeit, kein Innewerden, keine Privatheit ... Ehrlich: was und wer gibt Dir im Betrieb wirklich Befriedigung? (Das hat ja etwas mit „Frieden“ zu tun!)

– Allerdings werte ich es als positiv, wenn Du überhaupt je eine Sinnkrise erfahren würdest! Sicherlich könnten wir außerhalb der Wirtschaft Stehenden von Euch lernen, wenn *Ihr* Fragen nach dem Sinn unseres und Eures Tuns stellen würdet! Wir müssen uns wechselseitig (heraus-)fordern – und vielleicht ist dies ein Beitrag dazu? Was wäre wohl, wenn Manager (und nicht vorwiegend Beamte) auf den Bundestagssesseln säßen!? Da wäre mir freudigbange!

– Euer Lebensstandard ist eine Seuche moderner Art für die Kinder. Erinnerst Du Dich an Deine Jugendzeit? War die Situation nicht Motor Deines Elans? Alles irgendwie selber erarbeitet? Dein Streben nach dem, was Du heute *hast* und *bist* resultierte aus dem Damals-Anders-Sein. Und bei Deinen Kindern? Was bleibt ihnen? Im Streß der Schule, im Gerangel um Notendurchschnitte, im Wettlauf um Studien- und Ausbildungsplätze können sie vorn liegen, wenn auch das familiäre Fundament tragfähig wäre. Es ist es aber nicht – weil der Vater fehlt, weil er gar nicht oder nur kaum weiß, wie seine Kinder sind, was sie wirklich wollen! Sollen sie nicht wollen was Du willst? Und Deine Frau? Was weißt Du (noch) von ihr? So, wie sie sich heute nach Dir sehnt, wie sie gemeinsame Stunden still mit Dir verleben möchte, mit Dir, der Du ‚action‘ liebst, Freunde einlädst, „was losmachst …“! Lebensstandard: Autos, Urlaub, Haus und Ferienwohnung, Essengehen und Eure Spirituosensammlung, Freunde haben … Wer noch seinen Lebensstandard erkämpft, wer sich riesig anstrengen muß, ihn zu bewahren, bei dem hat die Habens-Mentalität unserer Zeit voll eingeschlagen. Wo sind jene Werte der Besinnung, des Lesens, des Musizierens (das konntest Du alles früher sehr gut!)? Wo sind die philosophischen, tiefreichenden Gespräche, die brillianten Gedanken gelassener Heiterkeit, das meditierende Sinnen über das Leben, die Freundschaft und das Sterben … Du hast früher Briefe geschrieben … heute telefonierst Du rasch zwischen zwei wichtigen Terminen, um einen Termin „festzumachen“ … Alles wie wegradiert durch den Lebensstandard! Wo ist die Muße mit den Kindern? Du bietest ihnen viel – aber Du hältst Dich selber fast immer heraus! Du siehst das nicht mehr, bist in Gefahr, sozial-blind, empfindungs-taub, human-stumm und Deinen eigenen innersten Wünschen gegenüber gelähmt zu werden. Du bist bereit, alles am Altar des Konzerns zu opfern, wie Du selber nur ein Opferlamm bei jenen bist. Es ist nur immer die Frage, wie lange Dein Organismus das noch durchsteht, besser: Dein physischer Körper. Dein psychosozialer Leib interessiert Dich kaum – aber dazu gehören auch die Beziehungen zu Deiner Frau, Deinen Kindern und Deinen Freunden! „Aber“, sagst Du, „ich verstehe Dich gar nicht, das ist doch alles in Ordnung!“ Vielleicht denkst Du noch, daß Deine Kinder und Deine Frau doch alles haben … Dein Organismus meldet sich – Du weißt es!

– Deine große Mobilität ist symptomatisch für Deinen Beruf, die rasche Veränderung, die internationale Verflochtenheit … Manchmal stöhnst Du schon über zu viele Arbeitsessen bis in den frühen Morgen, die Flugreisen mit den Zeitverschiebungen, die Unmöglichkeit, im fernen Tokio einmal privat in ein Geschäft gehen zu können … Deine angebliche Unentbehrlichkeit macht Dich zum Sklaven Deiner Kunden, Termine, Messen und Ideen. Ich erreiche

Dich selten, sehe Dich nur noch sporadisch, höre Dir kopfschüttelnd zu, wenn Du, wie entschuldigend, von Deinen Aktivitäten berichtest. Deine notwendige (not-wendige, Not-zu-wendende ... ?) Mobilität zerstört Deine Urlaubsplanung, läßt die unverantwortliche Aufsummierung Deiner Rest-Urlaube der letzten 5 Jahre weiter anwachsen in den folgenden Jahren! Hoffnungslos sehen wir, auch Deine Frau, zu.

Dein hohes Ausmaß an Flexibilität und Dein geringes Ausmaß an Seßhaftigkeit machen Dich unfähig, so Familienvater zu sein, wie Deine Vernunft Dir das vorschreibt! Ob Du Partner sein kannst? Deine wandernden Gedanken lassen so prosaische Worte wie „Feierabend“ und „Heim“ zu Eis erstarren. Das nicht ohne Mühen erbaute Haus, die gemeinsame Bleibe, das in schöner Lage endlich nach eigenen Wünschen geschaffene Heim würde „notfalls gewinnbringend verkloppt“, um weiterzuziehen! Du kannst gar nicht mehr ahnen, wie Kinder fühlen; Deine gepriesene Mobilität ist Sabotage an Deinen mitmenschlichen Beziehungen. Ja, Du bist nun zu einer auswechselbaren Größe geworden!

Lieber Bernhard, das klingt alles so anklagend, vielleicht sogar verletzend. Das Dramatische ist, daß uns beiden keine Alternativen einfallen. Die 8-Stunden-Tag-Mentalität „geht“ wahrscheinlich nur ebenso mühsam wie das politikfreie Wochenende (Politiker sind ja in einer ganz ähnlichen Situation!!)

Ich habe hier nur (?) meinen Grimm artikuliert – die Zeit zu einem Gespräch darüber fehlt uns meist. Meinen Grimm auch darüber, daß Du dazu neigst, lächelnd-achselzuckend den Wahnsinn Deines Verschleißes mitzumachen. Ja, ich würde bei Dir (hoffentlich kommt es nie so!) nach dem Infarkt am Bett sitzen und mäßig schwach über das Leben, das Älterwerden und die „Ideen von damals“ philosophieren ... Wissend, daß Du als Süchtiger doch längst in Gedanken schon wieder im Büro bist! Ich, nein wir, sehen mit an, teilnehmend und Anteil habend, wie Ihr Euch fort-entwickelt – und auch ich weiß kaum Besseres als mein Achselzucken.

Ich habe diesen Brief eine längere Zeit liegengelassen ... ohne ihn an Dich abzusenden. Wie eine sich selbsterfüllende Prophezeiung kommt er mir vor: Du hast die Firma gewechselt, bist nochmals gehalts-, dienstwagen- und entscheidungsmäßig „aufgestiegen" – Deine zwei Urlaube waren von schweren grippalen Infekten erschüttert. Eure Kinder werden Bundesland und Schulsystem wechseln ... Die „Freizeit" war oder ist mit Verkaufs- und Kaufaktivitäten ausgefüllt ... zwischendrin 'mal rasch ein streßendes Tennismatch (Deine Kondition ist denkbar schlecht – und Du versuchst, daß es ja keiner merkt!). Zum Wochenend-Geburtstag Deiner Frau konntest Du wegen eines wichtigen Termins nicht kommen. Auch Deine Kinder verleben ihren Geburtstag ohne Dich – wohl aber hast Du ihnen ein sehr großartiges Geschenk zukommen lassen ...

Abends habt Ihr an Wochenenden nach System ausgesuchte Gäste ... wir sollen öfter dabeisein – und im Grunde komme ich auch gern; aber dann verlasse ich auch gern wieder den Ort:

- wo die Qualität der Oberbekleidung und die Quantität des ausgewählten Essens im krassen Mißverhältnis zur Güte des Gesprächs stehen ...
- wo Freunde, einander achtende Menschen, Externales aneinander vorbeierzählen
- wo Wesentliches, Intimes kaum noch gedacht, geschweige denn ausgesprochen werden kann und durch geistreich-höfliche Artigkeiten ersetzt werden
- wo (etwas überspitzt!) die Kränkung (m)einer Seele durch oberflächliche Münder erzeugt und zugleich erhalten bleibt (das „Witze-Machen", der platte Konjunktur-Zweck-Optimismus, die „Menschenverachtung")

Ich kann mich immer weniger – je mehr ich mich darum bemühe – in diesem Klima wohl fühlen. Es bleibt die Hoffnung, daß unser gemeinsamer, zukünftiger Urlaub ... im nächsten Jahr uns beiden, uns allen guttut.

Du hast mitbekommen, daß der jüngere Nachbar von gemeinsamen Bekannten bei einem Unfall um's Leben kam? Er hinterläßt drei Kinder im Alter der unsrigen – und eine Frau! Wird nicht alles sehr relativ neben solchem Geschehen? Bleibt uns letztlich als lebenswertes Gut dieses Lebens nicht zuerst und vor allem das gemeinsame Leben mit denen, die wir mögen, von denen wir uns gemocht fühlen?

Es steht niemandem zu, die Lebensweise eines anderen zu bewerten. Jeder hat seine Verantwortlichkeit. Ich denke aber auch, daß es Freundespflicht ist, das Laufrad der zunehmend blindmachenden Geschäftigkeit einmal kurzfristig anzuhalten – und den Freund zu fragen: „Was ist Dir wirklich wichtig?"

Ich grüße Dich ganz herzlich

Lieber Cousin,

die Zeit, zu der wir an „unsere Schwestern und Brüder drüben“ schrieben, ist vorbei! Die Elterngeneration ist gestorben, das Verwandtschaftsverhältnis verändert sich, es dünnt sich aus! Wir sind die Generation, die noch direkten Kontakt hat, weil wir gemeinsame Großeltern haben. Unsere Kinder werden einander nicht mehr verstehen.

Meine diversen Reisen in Euer Land, in das „Arbeiter- und Bauern-Paradies“ sind stets gefolgt von Tagen der quälenden Unruhe, weil vieles ungesagt bleibt, was sich doch auch als Beziehungsklärung aufdrängt. In den folgenden Zeilen will ich versuchen, meine Gedanken darzustellen, die *auch* mit uns zu tun haben. Da jeder von uns sein politisches System vertritt und zu ihm steht, gerät jede Kritik möglicherweise auch zu einer Kritik an der Person. Obgleich ich das nicht möchte, denke ich doch, daß sich das nicht immer ausschließen läßt. Ob Du diese Gedanken annehmen kannst? Ob es auch Dir ein Anliegen ist, daß unsere Beziehung eben nicht verschlechtert, sondern eher geklärt und damit verbessert wird? Ich wäre Dir dankbar, wenn Du die folgenden Zeilen auch unter diesem Gesichtspunkt verstehen könntest.

Was mir als erstes immer wieder auffällt, wenn ich in Euer Land reise, ist die militante Grenzbefestigung. Nirgendwo in Europa erlebe ich *Grenze* derartig gewaltsam, wie bei der Einreise in Euer Land. Die „Grenzer“ sind meist höflich und korrekt – aber in ihrer Uniformiertheit sind sie zugleich unmenschlicher als an anderen Grenzen. Warteschlangen, unpersönliche Behandlung, ständig lauernde Aggressivität und immer opportun unterdrückte Wut, bilden das Bett für das Empfinden der Ohnmacht. Ich spüre jedesmal körperlich, wie sehr ich mich *ausliefere!* Diese emotionale Gestimmtheit ist sozusagen die Eintrittskarte in Euren Staat (neben den Pflichtumtausch-Gebühren). Natürlich sind Berichte von scheinbarer oder wirklicher Willkür rasch im Kopf, wenn man sich seine Angst erklären will. Obwohl ich im allgemeinen nichts Unerlaubtes mitnehme oder tue, habe ich *Angst,* aus der Schlange gezogen zu werden, um irgendwo speziell (?) abgeklopft zu werden. Man hat mich in unterirdischen Räumen bei Neonlicht verhört, als ich von Berlin einen Tagesausflug in den Ostteil der Stadt unternahm. Jeder Zettel im Notizblock sollte erklärt werden! Fragen von mir nicht nachvollziehbarer Bedeutung wurden gestellt, Verdächtigungen standen im Raum. Als wirklich unschuldiger Bürger eines freiheitlichen Rechtsstaats mußte ich mich entblößen, um in Euer Land zu dürfen.

Mir ist, als begäbe ich mich freiwillig in ein Gefängnis, ohne wirklich sicher sein zu können, daß ich wieder herauskomme. Und das schlimmste scheint mir dann auch noch zu sein, daß ich mich bei mehrmaligen Besuchen fast daran gewöhne und diesen aberwitzigen Zustand schon als normal hinnehme. (Ich weiß von einigen Menschen, daß sie sich fürchten, diese permanente Belastungssituation nicht durchzustehen; sie haben ihr durchaus vorhandenes Interesse, Euch zu besuchen, längst aufgegeben. Zumal weitere erschwerende Faktoren hinzukommen.)

Als nächstes fällt die Unsauberkeit auf: Straßen, Häuser, ja ganze Dörfer oder Stadtteile wirken heruntergekommen und unsauber. Möglicherweise nehme ich solche Erscheinungen in einem mediteranen Land hin ... aber für Deutschland sind sie mir fremd. Schlaglöcher und unbefestigte Seitenstreifen auf Straßen sind da nur ein Symptom für Vieles. Die Äußerlichkeiten sind für mich zwar belastend, aber ich kann sie relativ gut kontrollieren. Daß nun in den Obstläden über vierzig Jahre nach dem Krieg immer nur noch Äpfel angeboten werden, und der Hinweis zu lesen ist: „Für Sauerkraut bitte Gefäße mitbringen!", kann ich zwar schlecht verstehen, aber damit wird mehr über das System als über seine Bürger gesagt. Ihr sprecht von den immer noch und zum Teil stärker erlebbaren Engpässen als früher. Ihr beklagt die schlechte Versorgungslage, spürt die Verteuerung durch die Neueinführung von scheinbar besseren Waren in wirklich nur etwas verbesserten Verpackungen ... Was sind das für Zustände? Wir gehen durch unsere gemeinsame Geburtsstadt, finden ein (nein: *das!*) Lokal; und werden unfreundlich bedient, erhalten preiswertes, aber schlechtes Essen. Die Bedienung vergißt, uns Besteck zu bringen, Servietten fehlen. Du entschuldigst sie mit viel Verständnis. Du bedauerst nur etwas den schlechten Zustand der Stühle. Ich meine, daß solche verdreckten und durch Zigarettenglut zerstörten Stühle nicht in ein Lokal gehören, das sich als eines *der* zwei Lokale der Stadt empfiehlt! Auf der Toilette bin ich erstaunt, daß neben den zwei völlig verschmutzten Handtüchern auch ein elektrischer Handtrockner hängt. Die Seife fehlt! Ich will den Trockner anstellen – mir fällt der Schalter vor die Füße ...

Ich könnte viele solcher Kleinerlebnisse berichten. Du wirst sie, und das ist mir schlimm genug, alle als Kleinigkeiten charakterisieren – und hast auch recht. Aber trotzdem sind sie für mich stellvertretende Signale einer defekten politischen Organisation. Es gibt keine Möglichkeit, zu telefonieren, keine Möglichkeit, in einem Gasthof zu übernachten, keine Möglichkeit, ohne polizeiliche An- und Abmeldung zu reisen. (Und Du „verkaufst" mir den Riesenvorteil, daß man An- und Abmeldung zugleich vornehmen kann, als eine Errungenschaft!).

Versteh es bitte richtig: es ist nicht das Andersartige, was mich möglicherweise schreckt; dazu bin ich viel zu oft in anderen Ländern und dazu kenne ich auch andere Kulturen recht gut. Es ist dieses Gefängnisgefühl! Es ist dieses Empfinden des Gastes, sich nicht ohne Not beschweren zu sollen *und* das Empfinden des „Gefangenen", der nur durch Wohlverhalten „Hafterleichterung“ bekommen kann. Und dann entsteht dieses ohnmächtige Gefühl der persönlichkeitsbelastenden Selbstverleugnung! Ob Du das nachvollziehen kannst?

Weiterhin erlebe ich es als ausgesprochen belastend, wenn ich mich scheinbar immer entschuldigen muß, nur dafür, daß ich durch Zufall (oder was immer!) als Kind in den Westen geraten bin. Euer ewiges Schielen nach unseren Luxusgütern, nach unserem Geld, nach unseren Autos oder elektronischen Geräten... Besonders deutlich wird es, wenn wir mit Euren Kindern zusammen sind. Sie drücken noch unverbildet aus, was möglicherweise viele beschäftigt: Eure Sachen sind Euch nicht gut genug. Ich sehe mir Schulhefte an und lese von den Segnungen des Sozialismus, lese die Gelöbnisse der „... Kollektive“ zum XI. Parteitag, lese die in Schönschrift gesetzten Sätze gegen den Imperialismus, den arbeiterschändenden dekadenten Staat der Bundesrepublik in den Heften der 10- und 11jährigen und erlebe, wie sie sich drängen, mit dem Westauto zu fahren oder eine Farbfotographie zu erhalten, wie sie stürmisch auf die mitgebrachten Sachen fliegen ... Einerseits wird ihnen suggeriert, daß sie im besten aller Systeme leben und andererseits kleben sie an den eher primitiven materiellen Gütern des ausgesprochenen Klassenfeindes! Zugleich wird, nicht auch bei Dir?, der wesentlichere ideelle Überbau des politischen Systems in der Bundesrepublik geleugnet. Schwächen, die natürlich auch (auch!) bei uns vorliegen, werden in das Zentrum der Betrachtung gerückt: Arbeitslosigkeit, schlechtere (nein: andere!) Gesundheitsvorsorge oder eine angeblich höhere Kriminalität werden betont. Seid Ihr wirklich blind? Oder müßt Ihr es sein, um Euer Selbstwertgefühl einigermaßen zu erhalten?

Das führt meine Gedanken zu einem m. E. wesentlichen Punkt: Euer Selbstverständnis ist unterentwickelt. Anders ausgedrückt: Euer Staat hat Euch Eurer Persönlichkeit beraubt!

Nie ist mir das deutlicher geworden als bei unserem letzten Besuch bei unseren gemeinsamen Verwandten in der Oberlausitz. Es wird viel gearbeitet, viel geleistet ... und letztlich nichts erreicht. Alles gerät klein, fast mickrig. Alle stöhnen, schimpfen, resignieren. Mir stellt sich eine ganze Gruppe von „loser"-Typen dar: Menschen, die, gleichgültig, was sie anstellen, immer auf der Verlierer-Seite stehen. Durch einen ständigen Verlust an (Lebens-)Qualität werden zunehmend auch die Ansprüche zurückgeschraubt, ja, sogar abgebaut. Gleichzeitig wird der Westen glorifiziert: dort ist alles ganz einfach, dort „fliegen die gebratenen Tauben jedem in den Mund" ...! Das Elend (ja, ich erlebe es nach 40 Friedensjahren als *Elend!*) hat von den Persönlichkeiten Besitz ergriffen und wirkt wie ein lähmendes Gift. Depressivität wird gelebt, gehandhabt, gestaltet oder ertragen ... Die für mich spürbare Hoffnungslosigkeit wird in raschen Genüssen, wie mehr essen und trinken, erstickt.

Du berichtest selber von der gesunkenen Arbeitsmoral bei Euren Leuten. Das vielgelobte Prämiensystem greift nicht mehr. Wie beim „Klassenfeind" spielen auch hier Beziehungen eine wesentliche Rolle, wenn man etwas erreichen will ... Parteizugehörigkeit und Wohlverhalten regeln Aufstieg und Vorankommen. Das Buhlen um Studien- und Ausbildungsplätze ist m. E. ebenfalls eine Verleugnung der Persönlichkeit. Wenn Du mir die Sinnhaftigkeit solchen Vorgehens erläutern willst, wird mir ganz schlecht; denn Du rechtfertigst unter Aufgabe von grundlegenden Menschenrechten (die schon vor Schiller zum Kulturgut unseres Volkes gehörten!) ein autoritäres und menschenverachtendes System! Alles, *alles!* gibt es bei Euch zu kaufen: man muß nur „harte Devisen" haben oder, wie Ihr sagt, „freikonvertierbare Währung" ...!! Wird Euch nicht spätestens vor der Tür eines jeden Inter-Shops die doppelte Moral Eures Systems deutlich? Es kann nicht ohne Schaden für die Persönlichkeit abgehen, wenn man ständig in einer schizophrenogenen Situation lebt! Ihr lebt gespalten! Bleibt da nicht zwangsläufig die Selbstachtung auf der Strecke? Muß da nicht irgendwann eine Verbiegung der „Seelenachse" erfolgen? Wird da nicht irgendwann die notwendige Frage nach dem Sinn der gesamten Plackerei sinnlos? Und ist nicht gerade das dann Sinnzerstörung?!

Ich erlebe es als einen immensen Verrat an Euch, daß Ihr sicherlich genauso arbeitsam seid oder wart wie wir im Westen. Während wir wissen, wofür wir arbeiten, werdet Ihr seit Jahrzehnten um die Früchte Eurer Arbeit betrogen! Export Eurer guten Produkte, um das Volkseinkommen zu verbessern. Richtig! Aber wohin geht denn das Einkommen des Volkes? Was haben denn die Arbeiter und Bauern in ihrem „Paradies“ von ihren Mühen? Man läßt Euch nicht zu uns in den Westen reisen. Sicherlich nicht nur, weil man befürchten müßte, daß viele nicht wiederkommen, sondern vor allen, weil die, die wiederkommen, das Maß der Unzufriedenheit an den Zuständen im eigenen Land erhöhen würden! Es muß Euch einfach schwerfallen, der Propaganda zu trauen, die unser System nur immer wieder schlechtmacht ... wenn Ihr zugleich unser Leben hier erleben könntet! Es gibt hier nichts zu glorifizieren, aber es gibt hier etwas, was ich bei Euch immer wieder vermisse: Würde, Freiheiten, Liberalität und so etwas wie heitere Gelassenheit. Ich gehe so weit zu sagen, daß Euer Leben sich zu unserem Leben so verhält, wie sich unsere verschiedenen Automarken zueinander „verhalten“: es sind andere Qualitäten. Zugegeben, auch mit Euren „Trabbis“ kommt man bei den reglementierten Geschwindigkeitsbegrenzungen ans Ziel – aber: wie!? Ihr wartet oft ein Jahrzehnt auf ein Auto – macht Dich das nicht nachdenklich?

Wohin fließen die erwirtschafteten Gelder? Rüstung? An die „Freunde“? In das Bündnis der Warschauer-Pakt-Länder; den anderen Ländern Eures Bündnisses geht es ja noch erheblich schlechter!? Bekommen die Parteifunktionäre ihre Villen oder diversen Vergünstigungen dadurch finanziert? Werden bestimmte Bereiche wie der Leistungssport überproportional gefördert? Werden die Grundnahrungsmittel, Mieten usw. subventioniert?

Vielleicht oder nur scheinbar bin ich von meinem Gedanken der „Persönlichkeitsberaubung" abgekommen. Ich erlebe Euch vergewaltigt. Es tut mir weh, Euch und Dich ohne Hoffnung, nur oder vor allem leidend zu erleben. Urlaubsortwahl, Theater- oder Konzertkartenkauf, der Kauf besonders hübscher Gegenstände usw. ... das alles ist mehr vom Zufall abhängig. Ihr seid entmündigt, selbst, wenn Ihr das Geld hättet. Ihr ahnt, was in den Hotels geboten wird, die nur für jene Gäste gebaut werden, die mit frei-konvertierbarer Währung bezahlen können! Es ist diese immer und überall auftretende doppelte Moral, die Euch letztlich in Eurer Persönlichkeit verletzt oder langfristig sogar zerstört, zumindest aber verändert!

Wenn ich das Geschriebene jetzt überlese, stelle ich fest, daß ich sehr stark erlebte Einzelfälle verallgemeinert habe. Es wird immer wieder die Summe der Einzelfälle sein, die uns ein Bild von der uns erschließbaren Wirklichkeit ermöglichen. Und mir ist sehr bewußt, daß meine Wirklichkeit so subjektiv ist wie die Deine! Aber gerade im Sprechen über diese unterschiedlichen Wahrnehmungen der Wirklichkeiten besteht für mich *auch* das Reizvolle unserer Begegnungen.

Es ist schwierig, ohne „Gegenrede" diese Gedanken nur so aufzuschreiben – möglicherweise stellt aber diese gewählte Form auch eine gute Grundlage für weiterführende Gespräche dar?

Ich bitte Dich auch, meine Situation in Zukunft etwas besser zu verstehen. Ob es mir gelungen ist, Dir Anregungen zu geben? Oder habe ich Dich verärgert?

Was mich sehr belastet ist die Tatsache, daß ich nicht zu sagen weiß, was man an Deiner oder Eurer Stelle anders tun sollte. Es klingt so einfach aus meiner Sicht, Dich aufzufordern, Deine Unzufriedenheit nicht in Resignation umzumünzen, sondern sie in aktive Veränderungspraxis einzubringen. Vielleicht solltest Du aus *diesem* Grund in die Partei eintreten, Ämter übernehmen und um Solidarität bemüht sein. Ich empfinde Dein Isoliert-Sein als eine Belastung für Dich. Die Flucht in die Arbeit an Deinem kleinen

Gartenhäuschen ist „nur“ ein Aspekt der zum Nein gewordenen Kommunikation! Wenn Du den Kontakt zu differenzierten Menschen aufgibst, wirst Du schnell im Sumpf der allgemeinen Meckerei untergegangen sein!

Ihr müßtet mehr Dinge, Unternehmungen finden, die Euch Spaß machen – möglicherweise losgelöst von den „von oben“ organisierten Veranstaltungen.

Es mag ebenfalls billig klingen, wenn ich denke, Ihr solltet ändern, wenn es etwas zu ändern gibt – oder aber aushalten, was auszuhalten ist! Und wenn Ihr schon etwas tun müßt, dann solltet Ihr es vielleicht doch mit mehr Freude, mit mehr Engagement tun!

Lieber Cousin, ich habe in Gedanken an mir vorbeiziehen lassen, was mich die letzten Tage, an denen wir zusammen waren, beschäftigt hat. Ich habe auch eine Bestandsaufnahme für mich versucht. Ich habe mich bemüht, Dir ausführlicher meine momentane Sichtweise zu verdeutlichen. Ich denke, das alles ist auf dem immerwährenden Weg zueinander nur wieder ein Schritt. Es ist schön, miteinander unterwegs zu sein …

Herzlichst Dein

Liebe ??? Eltern,

es ist mir so komisch, Euch zu schreiben, obwohl Ihr doch irgendwo nebenan Euer Leben lebt! ... Aber ich kann nicht mit Euch sprechen und ob ich Euch diesen Brief geben werde, weiß ich auch noch nicht.

Als Eure Tochter erlebe ich so ein dämliches Gefühlsmischmasch aus Dankbarkeit, Haß, Schuld, Sehnsucht und Angst und weiß der Himmel was. Ob Ihr überhaupt wißt, wer ich bin und was in mir vorgeht? Warum fragt Ihr nicht mal – oder: warum nehmt Ihr Euch nicht 'mal Zeit, oder: warum nehmt Ihr mich nie so richtig ernst? – So oft habe ich ein unheimliches Gefühl der Einsamkeit, des Verstoßenseins, der Minderwertigkeit; Paps kritisiert an mir herum, wenn er mich vielleicht aus Mangel an Zeit – überhaupt wahrnimmt. Du, Mamm, bist so mit Dir selber beschäftigt, mit Deinen Terminen, Bekanntschaften, „Verpflichtungen" und selbstgesteckten Zielen, daß ich immer wieder überdeutlich spüre, wie sehr ich Dich bei all den Aktivitäten stören würde.

Wenn ich mal etwas traurig bin, fragt Ihr: „Ach, Kind, was hast Du denn nun schon wieder?" – Und gleich hinterher kommt von einem von Euch: „Na ja, das sind pubertäre Zicken ... an uns kann's ja wohl nicht liegen, schließlich bieten wir Dir ja alles!" Oh, wie könnte ich dann immer aufheulen. Alles! Alles ist bei Euch das Zimmer, die Möbel, die Kleidung ... Urlaub, Taschengeld ... Ich komme mir so schlecht und auch unehrlich vor, wenn ich sage: „Euer Alles ist mir zu wenig!" Wenn Ihr Probleme besprecht, soll ich in mein Zimmer gehen. Wenn am Wochenende nachmittags mal Besuch kommt, soll ich brav „Guten Tag“ sagen, nicht stören und mich rasch verkrümeln. Wenn Ihr eine Feier macht, Freunde einladet usw. bin ich gut zum Vorbereiten, dann muß ich gehn! Wenn Ihr über Urlaub oder Anschaffungen diskutiert, nehmt Ihr meine Meinung gar nicht ernst. Wenn ich mal ganz echte Probleme aus der Schule anspreche, sagt Ihr sofort: „Mein Gott, das sind doch nun wohl wirklich keine Probleme“ ... Manchmal bin ich wütend, wenn sich Paps Zeit für mich nimmt. Du sagst dann: „So, Fiff, jetzt habe ich ’mal Zeit für Dich ... wie sieht’s denn bei Dir aus? Hast Du Probleme?“ – Das geht nicht! Da kommt bei mir nix. Wenn ich dann sage, ich hätte keine, stimmt das einfach nicht! Das versteht Ihr nicht. Wenn ich Euch nur „keine Schande mache“ (was ist denn das?), mich lieb und brav verhalte, nicht auffalle, keine zu hohen Ansprüche habe, in der Schule gut mitkomme, nichts mit Jungens habe – und ja nicht ’rumdroge! Das sind Eure Sorgen. – Was könnten denn auch die Nachbarn sagen! Ich finde das alles zum Kotzen.

In der Schule werde ich oft aufgezogen, weil ich manchmal das große Heulen kriege. Ihr wißt das gar nicht! Ihr habt mich in den Tennisclub geschickt, mir Trainerstunden geschenkt, die ich nun nehmen muß. Nach anfänglichem Interesse ist mir die Lust völlig vergangen. Ich bin nicht nur unsportlich, ich bin auch häßlich mit meinen dünnen Beinchen und meinem dicken Hintern. Mein Busen ist auch zu groß. Ständig werde ich angepflaumt – Ihr könnt Euch nicht vorstellen, wie schlimm das ist. Alle sind da fröhlich und locker ... nur ich ... Daß ich nun schon dreimal geschwänzt habe, habt Ihr Gott sei Dank nicht mitbekommen. Ihr bekommt auch nicht mit, wenn ich unter der Bettdecke heule. Wenn ich nur wenigstens einen Hund oder eine Katze hätte – aber das macht Euch zuviel Krach, Dreck oder Abhängigkeit ... Ach, es ist alles so beschissen – und eigentlich muß es mir doch gutgehen ... Ich bin ganz verzweifelt ...

Anmerkung: „Dieser Brief – er war 1 ½ Jahre alt – und ganz wenig andere Sachen wurden bei einer 16jährigen Suizidalen gefunden. Als die Kriminalpolizei die Eltern sprach, waren diese völlig entsetzt. So etwas hätten sie *nie* für möglich gehalten. *Ihre* Tochter Selbstmord ...!“

Liebe …

Ja, was schreibe ich jetzt?! „Tochter“ …? Da bist Du sauer – weil Dich das an „Kind“ erinnert! Den Kosenamen von früher soll und werde ich mir verkneifen … Deinen Namen? Den Du nicht magst, für den Du uns auch verantwortlich machst …! Hier deutet sich schon unser ganzes Dilemma an. Immer wieder haben wir Gespräche, die sehr rasch in Auseinander-Setzungen ausarten. Wir Eltern setzen Akzente – und doch oder deshalb? leben wir uns auseinander. Und da ist soviel Liebe, Wunsch nach wechselseitigem Verstehen, Achtung … Stehen wir einander zu na-he, um das rechte Maß zu finden? Sind wir im immer wieder neuen Versuch nach zärtlich-liebender Nähe grob? Fahrlässig rücksichtslos? – Nein, ich denke, wir sind in erster Linie ungeübt. Dort, wo im Auge-zu-Auge-Dialog das Gefühl hinzukommt, wo wir hautnah miterleben, wie wir aufeinander wirken, scheinen wir oft überfordert zu sein.

Du erlebst unser Leben mit. Teile davon. Du bist hineingewachsen in dieses unser Leben – und wir haben nie so recht gemerkt, wann und wie Du erwachsen geworden bist. Wahrscheinlich machst Du Dir viele Gedanken über unser Leben?! In Deiner oft schonungslosen Art läßt Du uns Ergebnisse Deiner Denkarbeit spüren, die uns, vor allem wohl mich, treffen. Denn: Du hast eigentlich recht. Aber eben: eigentlich! Du bist so unglaublich glaubwürdig, was die Kritik an unserem (Konsum-)Verhalten angeht – und zugleich bleibst Du „draußen“, um aber mit zu profitieren. Ich denke, ich würde es in Deiner Situation genauso tun!

Aber als Vater kann ich nicht zulassen (weil ich es nicht will!), daß Du unser mit Fleiß, auch mit Überlegungen und „Opfern“ (ein – in diesem Zusammenhang – letztlich „blödes“ Wort!) geschaffenes Regelwerk von „Besitz und Privilegiertenverteilung“ einerseits nutzt und andererseits sabotierst.

Kannst Du Dir vorstellen, daß ich in den un-zähligen Diskussionen mit Dir (begannen die ersten als Du drei Jahre alt warst?!) dies so schlecht zugeben kann? Dann hänge ich mich an Deiner Laune auf; werfe Dir vor, daß Du nicht nett zu Mami und mir bist, daß Du das „warme Bett Familie“ nur als Sprungbrett für Deine Interessensgebiete benutzt oder mißbrauchst. Egoismus werfen wir dir vor. Vielleicht unbewußt, vielleicht doch sehr bewußt will ich Dich stets an Deinem „Lindenblatt“, Deiner Empfindlichkeit treffen: ich argumentiere rational, wo Du vorgibst, rational zu sein – aber doch emotional entscheidest. Und Du merkst das! Indem ich bei Dir Widersprüche aufzeige, wickle ich Dich ein ... Und Eltern wollen ihre Kinder immer einwickeln: in Windeln, in Fürsorge, in Liebe, in ... Eigentlich sollen Kinder immer wieder nur begreifen: „Deine Eltern sind großartig, sie wollen nur Dein Bestes, sie möchten stolz auf Dich sein; sie möchten Freude durch ihre und an ihren Kindern!“

Wenn ich mir das so überlege, ist das falsch. Und es ist gut, wenn ich's mir klarmache. Ich komme gleich darauf zurück!

Was aber wollen (hilf mir bei diesen Gedanken, bitte!) Kinder (auch als Erwachsene!) von ihren Eltern? „Laßt mich endlich erwachsen sein! Akzeptiert mich endlich und macht mir nicht immer Eure dämlichen, gutgemeinten Vorschläge!“ Oder sagt Ihr: „Deren Leben ist mir egal – Hauptsache, die kommen mit der nötigen Knete rüber ...!“ Vielleicht denkt Ihr auch als „Partisanen gegen das Establishment“ mit den berühmten Unterwanderstiefeln die elterliche Autorität (im positiven Sinn) und Kompetenz (scheinbar oder wirklich) auszuhöhlen?

Du merkst, mir fehlen hier die wirklichen Zugänge – und das liegt mit an Dir! Ich weiß tatsächlich wenig darüber, wie Du Dir Deine und unsere Zukunft vorstellst! Nach der Schule Studium? Dann (k)einen Arbeitsplatz?! Dann Eltern alles vor die Füße knallen? Oder bereits vorher ihnen im Wissen um die in keiner Realität erprobten Theorie und im Vollbesitz der „höheren Moralität" die „Meinung zu geigen"?

Werdet Ihr / wirst Du Dich „rächen", für die vielen kleinen Verbote und Engheiten, die Du erlebtest? (Um 22 h zu Hause sein; Kleidung ...) Bitte (warum Bitte?) bedenke, daß unsere/meine Maßnahmen keine Nur-Einzelaktionen sind. Wir bemühen uns, sie in ein Gesamtkonzept zu stellen, auch wenn es oft beim Bemühen bleibt. Jede Inkonsequenz hast Du „schamlos" genutzt – und immer wolltest Du aus Einzelfällen Generalrichtlinien ableiten.

Ich weiß, daß Dir das Gequatsche („Was meinst Du, was wir Eltern nicht alles für die Familie getan haben und tun ...!") auf die berühmten Nerven geht – aber vielleicht fällt es Dir beim Lesen einfacher, darüber nachzudenken: Was trägst Du dazu bei, daß unsere Familie „gelingt"? Oder anders: Aus welchem Grund schiebst Du „Gefälligkeiten für uns" stets ganz hinten hinter alles andere (um sie dann meist doch zu vergessen!)?

Aber ich argumentiere wieder. Und es geht um emotionale Aspekte! Was möchten wir noch von Dir? Du sollst (!!!) – so ist unsere Vorstellung – Fehler, die wir machten, nicht machen. Du sollst eine strahlend glückliche Persönlichkeit werden – und: (fälschlicherweise!) wir glauben zu wissen, wie man das anzustellen hat! Alles Quatsch! Wir haben ein Kind, das DU wurdest, haben wollen – und wir haben viel Freude gehabt – sind unglaublich reich an Erleben und Erfahrung als Eltern geworden. Nichts möchten wir wohl missen wollen – nicht einmal die Zeiten Deiner Krankheiten ... Alles gehört dazu. Und im Grunde sind unsere Aussprachen und Auseinandersetzungen eine notwendige Form geworden, immer wieder neu Gemeinschaft zu begreifen und zu lernen. Was wir im Kleinen erleben ist im „großen Leben" ebenso: heranwachsende Minderheiten müssen zu tragenden Elementen ins Ganze eingebaut werden. Und natürlich glauben stets die „etablierten Alten" am besten zu wissen, wie man das (für sie!!) am reibungslosesten tut. Dabei machen wir „Alten" wohl einige/mehrere der folgenden Fehler

- wir unterschätzen die intellektuelle Potenz der Youngsters
- wir trauen ihnen emotional zu wenig Belastbarkeit zu
- wir meinen, unsere „vernünftigen" Überlegungen benötigen keine kritische Diskussion
- wir glauben, unsicher wie (auch!) wir sind, uns nicht (mehr) auf plötzliche Veränderungen einstellen zu können
- wir erleben uns gekränkt, wenn uns unsere „gute Absicht" als Egoismus unterstellt wird
- wir fühlen uns ertappt, wenn wir mit der „Eingliederung" – (gleich: Erziehungs-) Arbeit für uns Vorteile zu Lasten der Jungen verschaffen. Dieses schlechte Gewissen kann aggressiv machen ...
- wir spüren eine Belästigung bis hin zur Bedrohung; Das Junge, Dynamische ... wird in unserer Gesellschaft favorisiert – also müssen wir mögliche Vergleichs-Konkurrenz „kleinhalten" ...

Wenn diese – verständlichen – Fehler in Betrieben, Behörden und allen Organisationen gemacht werden und noch erklärbarer sind, so kommen sie doch auch in den Familien vor; und hier versagt durch das emotionale Gewordensein oft die intellektuelle Kontrolle: man sagt sich deutlicher die Meinung. (Darüber sollten wir uns freuen!)

Aber auch ihr jungen Leute macht Fehler, die ihr kennen solltet!

- Eure Begeisterung entbehrt oft jeglichen Durchhaltevermögens
- Ihr überschätzt Euch maßlos in Eurer Sicherheit, „wie es denn nun wirklich ist" ...

- Ihr verlangt Zuverlässigkeit; ändert aber Eure Launen ebenso rasch wie Eure Planungen
- Eure Intoleranz ist manchmal schon beleidigend; seid Ihr noch Fremden gegenüber großzügig, so werden die eigenen Eltern oft (auch vor anderen) 'runtergeputzt ...
- Eure Momentanentschuldigungen haben oft nicht jene zeitliche Dimension im Auge, die uns beschäftigt: Ihr wollt für jetzt und nachher bequeme Lösungen; wir „Alten" müssen die Folgen stärker bedenken, weil wir sie oft stärker als Ihr ausbaden müssen
- Und: betrachtet doch uns Ältere nicht als Behinderer Eurer Freiheiten und Freizügigkeiten – wir können und, denke ich, wollen mit Euch zusammen leben.

Nun, diese „Anklagen" kennst Du – aber spürst Du wenigstens einen Teil ihrer Ernsthaftigkeit, ihrer Tragik? Dir etwas vorzuwerfen bewirkt im allgemeinen eine seelische Blockade: Du mauerst. Auch ich maure zum Teil. Der ewige Streit, die immerwährenden kleinen Regelübertretungen machen mich ganz krank – zumindest unfähig, diese Probleme klar zu durch-denken, wie ich mich hier bemühe. Aber was können wir tun? Eigentlich vor allem dreierlei:
- Erkennen, womit jeder den anderen besonders verletzt
- Abwägung/Entscheidung ob das so sein muß und
- konkrete Formulierung und Praktizierung eines anderen Verhaltens

Bei allem sollten wir das Gespräch pflegen. Laß uns mehr „in guten Zeiten" miteinander sprechen. Unser Gesprächsfundament sollte mehr gepflegt werden – und dazu gehört mehr Zeit. Aber die Planung von „Zusammen-Aktionen" ist schlimm – wir müssen auch wechselseitig bereit sein, einmal spontan aufeinander zuzukommen.

Wir merken oft, wie schwierig es ist, ein einigermaßen gutes Klima in unserer Familie zu erhalten – wundern wir uns da wirklich, wenn Nationen, die sich als verfeindet bezeichnen, keinen Frieden halten können? Sie bemühen sich durch die Balance des Schreckens notdürftig den Krieg zu vermeiden; wir sollten durch ein Mindestmaß an Vertrauen und Zuneigung in der Lage sein, solch heftige Zerwürfnisse zu vermeiden. Und dazu müssen wir doch wohl von beiden Seiten aus Schritte unternehmen. Oder?

Kannst Du das annehmen? Laß es doch ’mal auf Dich wirken. Vielleicht antwortest Du mir mal!!

Dein Vater

Lieber Robert,

natürlich war ich erschreckt als ich, wie andere Freunde und Bekannte erfuhr, daß Dein Herz Dir arge Sorgen gemacht hat. Angina-pectoris-Anfall, sagten die Ärzte. Nun stehst Du etwas (?) verunsichert wieder an Deinem Arbeitsplatz und fragst mich, ob ich Dir „die Sache" als Psychotherapeut erklären könnte. Ich will es versuchen. Aber, bitte, laß Dich nicht dadurch stören, daß ich neben Dich betreffenden Aspekten, auch solche allgemeiner Art erwähne.

Verhaltenswissenschaftler haben als Beitrag zur Entstehungsgeschichte von Krankheiten einige Ansatzpunkte geliefert. Zu den Herzerkrankungen im Sinne der Vorformen des Infarkts und des Infarkts selbst scheint nach unseren bisherigen Kenntnissen die sogenannte Risikopersönlichkeit zu neigen. Sicherlich bist Du eine solche Risikopersönlichkeit. Bei diesem Personenkreis sind, geht man in die „Lern- und Entwicklungsgeschichte" zurück, bedeutsame Feststellungen gemacht worden. Die gefühlsmäßige Zuwendung seitens der Eltern war im frühen Kindesalter oft nur durch Leistung zu erreichen. Die Infarktgefährdeten bezogen also ihre seelischen Streicheleinheiten oft oder vor allem über Anpassung an elterliche Wünsche.

Hast auch Du gelernt, Dein Selbstwertgefühl vor allem durch (gute oder noch bessere) Leistung zu erreichen? Das Kind lernt, sich wohlzuverhalten; Aggressivität, Kritik, aber auch Sich-Gehen-Lassen im Sinne von Passivität waren verpönt. Das stete Schielen nach Anerkennung von außen kennzeichnet die Kindheit des Infarktgefährdeten: alles, was er tat (und tut), muß ‚zweck-rational', also sinnvoll, ökonomisch und ergiebig sein. Die Grundhaltung: „was bringt mir das, wenn ich ...?" setzt sich früh fest: zweckfreies Tun ist verplemperte Zeit; schöngeistige Literatur lesen und wettkampffreies Sporttreiben sind kaum möglich. In der frühen Kindheit bildet sich also schon ein krankmachender Lebensstil aus: besser sein als andere, möglichst vieles gut, nein: sehr gut erledigen, die Zeit optimal nutzen. Oft geht mit dieser Haltung das überstarke Bedürfnis nach sozialer Anerkennung einher.

Du hast vielleicht die Vorstellung, nur etwas zu „taugen", wenn Du bei anderen gut ankommst. Damit machst Du Dich natürlich in hohem Maße abhängig von anderen Menschen – man könnte auch sagen, daß Du diesen Menschen (früher waren es in erster Linie die Eltern) sehr viel Macht über Dich einräumst. Anerkennung wird im Verlauf des Älterwerdens einmal über besondere (z. B. sportliche) Leistungen im Freizeitbereich, vor allem aber durch eine ausgeprägte Leistung im beruflichen Bereich „eingeholt". Da Du in einem Beruf lebst, in dem andere Menschen die Ergebnisse Deiner Arbeit ständig kontrollieren können, stehst Du hier natürlich unter einem ziemlich hohen Druck. Merkmale dieses überhöhten Leistungsengagements sind: Überstunden, mehrere Dinge gleichzeitig oder nebeneinander tun, große Korrektheit bis hin zur „Pingeligkeit", völlige Identifizierung mit dem Beruf.

Zu diesem, von der Gesellschaft und der Umwelt meist als positiv gesehenen, äußeren Verhaltensweise kommen aber auch noch besondere, belastende, innere Einstellungen. Der Infarktgefährdete empfindet oft starke Gefühle, die einander sogar widersprechen können – und er unterdrückt sie, läßt sie nicht raus oder tut etwas gegen seine eigentliche, innere Einstellung, weil er – als gut erzogener „Anpasser" – nicht *nein* sagen kann. So nimmt er Ehrenämter an, obwohl er das eigentlich nicht wollte: so läßt er sich eine zusätzliche Arbeit oder private Verpflichtung aufhalsen, obwohl er doch eigentlich ... Du kennst das. Das soziale Engagement, die über die eigenen Kräfte gehende

Hilfsbereitschaft und das Vermeiden von Konflikten (z.B. mit Eltern, Kindern ...) führen zu ständig wachsenden Spannungen. Wer aber stets unter Anspannung steht, kann nicht „elastisch" sein; damit ist im weiteren Sinne auch die Elastizität der (Blut-)Gefäße gemeint. Es kommt am Gefäßsystem zu ersten Schäden.

Amerikanische Wissenschaftler haben Menschen, die zum Infarkt neigen, 20 Jahre lang erforscht. Sie stellten fest, daß sich dieser Typ Mensch klar von jenem unterscheidet, der keinen Infarkt erleidet (und nannten ihn A-Typ, letzteren B-Typ). Vergleiche bitte einmal: Das A-Typ-Verhalten der Infarkt-Risikopersönlichkeit ist dadurch gekennzeichnet, daß sie

- ein starkes, andauerndes Bemühen zeigt, um ein selbstgewähltes, aber oft schlecht definiertes Ziel zu erreichen. (Z.B. sagt ein Geschäftsmann: wenn in einigen Jahren der Vater ganz aus dem Geschäft ist, werde ich alles ganz anders machen. Oder ein Büroangestellter sagt sich: mit 45 Jahren will ich auf keinen Fall mehr in dieser Abteilung arbeiten ... dann will ich weiter sein ...)
- eine tiefe Neigung hat, sich für alles zuständig zu fühlen. (Eine Mutter und Hausfrau kümmert sich fälschlicherweise, möglichst noch um alle Dinge ihrer fast erwachsenen Kinder: oder ein aktiver Bürger muß in möglichst vielen Gremien, Vereinen, Vorständen ... sitzen, in der Annahme, daß es ohne ihn schlecht oder gar nicht geht ...)
- ein andauerndes Bedürfnis nach Anerkennung (gar Berühmtheit) und Vorwärtskommen erkennen läßt. (Für Lob und Anerkennung, öffentliche Meinung in Zeitungen ... unternimmt ein A-Typ vieles; nie ist er mit dem augenblicklichen Stand zufrieden; er hat die Neigung, wegen der Anerkennung zu allen nett und freundlich zu sein ...)
- ein unentwegtes Engagement in verschiedensten Funktionen und das meist unter ständigem Zeitdruck zeigt. (Viele Dinge, Aufgaben sollen parallel oder [ökono-

misch!] gleichzeitig ablaufen. Ein Termin – von außen oder innen gesetzt – jagt den anderen. Der A-Typ sagt, er „brauche“ diesen Druck! Außerdem: „Was soll ich denn machen?!“ ...)

- alle körperlichen und geistigen Tätigkeiten beschleunigen möchte. (Mehrere Stufen werden auf einmal ‚genommen‘; rasche Auffassungsgabe wird von allen Mitarbeitern, von Familienmitgliedern erwartet, ja, verlangt; das Wandern geschieht – „nur“ als Vergleich! – mit der Stoppuhr; alle gewohnheitsmäßigen Arbeitsgänge sind zeitlich genau programmiert ... Zeit wird nicht ‚verschenkt‘ ...)
- eine sehr starke geistige und körperliche Aufmerksamkeitsbereitschaft zeigt. (Alles, was geschieht, interessiert den A-Typen; oft ist er Opfer seiner vielen Interessen und Talente, nichts kann er so richtig ausgiebig pflegen, da die Summe seiner Neigungen und – vermeintlichen – Pflichten ihn ständig in Trab halten!)

Um es zusammenfassend zu formulieren: der A-Typ ist eine Leuchte unserer Leistungsgesellschaft – er schont sich nicht, er tut, was „man“ von einem tüchtigen Menschen erwartet – bis zur „Selbstzerstörung“.

Was ist zu tun? Wenn Du nun solch ein A-Typ wärest, was könntest Du zu einer Veränderung tun? Der erste Beitrag zur Veränderung ist sicherlich eine vom Kopf gesteuerte Bestandsaufnahme. Dabei sollen Gefühl und Verstand Hand in Hand gehen. Also: was willst Du? Was ist Dir wichtig im Leben? Der A-Typ neigt dazu, geschäftig und höchst aktiv ein Sandkorn nach dem anderen auf seinen Lebensberg zu tragen – in der irrigen Hoffnung, eines Tages ein nicht definiertes Ziel, einen unklaren Zweck seiner Plackerei möglich gemacht zu haben! Aber dies ist nicht das Leben! Und der Gipfel eines Lebensberges ist nicht das Ziel! Der A-Typ rennt durch die Zeit, stellt erschreckt fest, daß schon wieder eine Woche oder ein Jahr herum ist und lebt die Tage, ohne sie zu genießen! Einem Hamster im Laufrad ähnlich! Eine schwere Krankheit rüttelt auf – und weist z. B. in zwei Grundregeln auf die vorher verpaßte Zeit hin.

- Steig zuweilen aus und nimm Dir Zeit!
- Werde Dir klar, was Dir wichtig und bedeutsam ist!

Welche Lebensziele hast Du? Wie ich Dich kenne, hast Du die beruflichen Ziele ganz gut im Auge ...! Und die privaten, die familiären? Weißt Du, daß Deine Kinder schon in wenigen Jahren Euer Haus verlassen? Du hast gerade die Vierzig überschritten, aber was und wie willst Du mit 45 oder 50 sein? Was investierst Du in Deine Ehe?

Dies ist ein weiterer Punkt: mit-menschliche Nähe. Es ist für Dich belastend, daß das (Ver-)Schwinden von Freundschaften Deine „Seelen-Ernährung" abbrach. Nicht in erster Linie fehlende Zeit, wie Du rasch geneigt bist zu sagen, ist „Schuld"; denn das, was Du für wichtig erachtest, hat sich gewandelt. Gut, auch Deine ehemaligen Freunde haben sich verändert, einige sind weggezogen, durch Eheschließungen wurde vieles anders! Aber Deine Neigung und Fähigkeit, neue Freunde zu finden, Bekanntschaften zu pflegen sind „eingeschlafen". Hoffentlich kennst Du die wahren Sorgen, Kümmernisse, aber auch die Freuden Deiner Kinder?! Hast Du gemeinsame Erlebnisse mit ihnen? Woran werden sie sich später erinnern?

An der Antwort der Kinder auf die Frage, wie sie ihre Eltern sehen, glaube ich sagen zu können, ob eine Familie einigermaßen in Ordnung ist. Sage Du mir, wie Du mit welchen Freunden lebst – und ich wage zu sagen, ob Du seelisch gesund lebst! Nähe zu Menschen ist unabdingbares Fundament für Wohlbefinden. Und dazu noch ein Gesichtspunkt: andere Menschen sind anders als ich. Wenn ich mir das nicht vom Verstand her sage, spielen meine Gefühle mir immer wieder einen Streich! Wenn Du es schaffst, andere anders sein zu lassen, ohne sie verändern oder bewerten zu wollen, kannst Du Verstehen geben – und empfangen!

- Suche, erlebe und genieße die Nähe von Menschen!
- Laß Deine Erwartungen nicht zum Gefängnis Deiner Beziehungen werden: laß los, laß geschehen!

Zu irgendeinem Zeitpunkt Deiner Umerziehung wirst Du feststellen, daß Du unecht, ja vielleicht unredlich bist. Nehmen wir hier die Grundregel vorweg: Erkenne Dich selbst!

Wer und wie bist Du? Wie möchtest Du sein? Was akzeptierst Du nicht an Dir? Wie erleben Dich andere, Dir wichtige Menschen?

- Das Real-Ich umschreibt, wie ich wirklich bin. Das weiß ich oft nur selber: bin ich zu (?) groß, sportlich leistungsfähig, sexuell potent, intelligent ... was kann ich besonders gut bzw. schlecht, wie bin ich innerlich im Kontakt zu anderen Menschen ... usw.?
- Das Wunsch-Ich umschreibt, wie ich gern sein möchte. Auch das ist etwas, was ich meist nur allein wissen kann (so insgeheim!). Jeder könnte für sich auch klären, welche Anteile seiner Kindheit hier noch mitwirken.
- Das Darstellungs-Ich umschreibt die Anteile von mir, die von anderen Menschen wahrgenommen werden. Darüber weiß ich selber oft wenig.

Nun ist es wohl legitim zu sagen, daß nur jener sich in seiner Haut relativ wohlfühlt, der die drei Ichs so einigermaßen zur Deckung bringen kann, wenn man also so wahrgenommen wird (Darstellung), wie man wirklich auch ist (Realität), und wenn man so auch sein möchte (Wunsch-Ich). So dringend notwendig das im privat-persönlichen Bereich ist (Echtheit des Verhaltens), so schwierig ist es zuweilen im beruflichen Alltag. Ein Lebenskluger sagte einmal: „Ich tue das, was mir Freude macht. Und ich habe an allem, was ich tue, Freude!“

Die A-Typen scheinen auch dazu zu neigen, stets sich selber als die „Besonderen“ zu erleben. Wenn viele Kollegen zusammenarbeiten, „bin ich aber der Beste“; wenn die Schwächen (?) anderer (Ehe-)Männer durchgekaut werden, will ich deutlich machen, daß ich ganz anders bin, ich möchte meiner Umwelt beweisen, daß etwas aus mir geworden ist.

- Stell das krampfhafte Kämpfen ein; sei Du!

Die Tendenz des A-Typs zu Perfektionismus und Überall- und Dauer-Engagement entspringt wohl auch unserer allgemein-menschlichen Neigung, alles, was wir beginnen, auch so rasch wie möglich zu beenden. Leistungstrieb, Anerkennungssucht und Zeitknappheit stürzen den A-Typ in die Strapazen der übermäßigen Belastung. Wenn Du begreifst, was wohl alle Lebensphilosophen sagen, daß Leben und Tun immer etwas Unvollendetes sein müssen, wenn Du das innerlich akzeptierst, kommst Du weiter. Wir sind gesund, wenn wir lieben und leisten und lernen – uns also verändern – können! Wenn Du den Zwang ablegst, sicher sein zu müssen, wirst Du sicherer! Wenn Du den Drang, zu gefallen, überwunden hast, gefällst Du!

- Nimm Unsicherheit. Unvollendetheit und das „Sowohl-als-Auch“ hin!

Ich weiß nicht, ob Dich diese Zeilen anregen können. Denk darüber nach, was Dir wesentlich ist. Stell Dich dem Schönen dieser Welt, lies wieder und nimm Dir Zeit für Deine Frau, für Deine Kinder, für andere Menschen und für Dich selbst.

Liebe Bärbel,

ich muß nun doch nochmal ausführlicher zum Stift greifen und meine Tag- und Nachtgedanken hinschreiben. Sicherlich bin ich dann durch diese Entlastung auch etwas freier für andere Überlegungen zu Dir.

Du hast mir auf meinen letzten Brief nach langem Zögern geantwortet. Danke. Es falle Dir – wohl im Gegensatz zu mir – schwer, Dich hinzusetzen und Gedanken zu Papier zu bringen. Und Du hast Sorge, daß unser neu entstehendes, uraltes Verhältnis zueinander durch Euren Wegzug und nun durch unser sehr persönliches Schreiben uns einander näher bringt, zugleich aber ein „fremdes" Verhältnis zu unseren jeweiligen Lebenspartnern entsteht. Du sprichst von Entfremdung, wenn der Partner durch unsere neue „Intimität" ausgeschlossen bleibt. Du möchtest Deinem Albert nicht das Gefühl geben, Dich mit einem anderen Mann besser verstehen zu können, als mit ihm.

Es fällt mir im Grunde sehr schwer, dies nicht einfach so schweigend hinzunehmen, wie es wohl durchaus auch sehr gut sein könnte. Um es vorweg zu sagen: alles was jetzt folgt, stellt nicht den Versuch dar, Dich umzustimmen oder mein Verhalten zu rechtfertigen. Nach diesem Brief will ich, Deinen Wunsch voll respektierend, Dir nicht mehr die Tiefe meiner Gefühle, die Höhen meiner Freuden zugänglich machen … Wir werden uns verändern. Meine Liebe zu Euch – ja laß mich dieses schwere Wort gebrauchen – bedeutet mir mehr, als meine Vorstellungen durchzusetzen.

Wenn ich nun doch noch eine (vorerst letzte) Analyse un-

KK

serer Beziehung wage, so geschieht das aber eben auch, wegen meines sicherlich vorhandenen Narzismus: so ganz ungeklärt und „kampflos“ möchte ich unsere Begegnungen nicht verändern. Ich möchte Dich auch bitten, mich zu verstehen.

Es ist da irgendwie ein „Korken auf der Flasche“, und es bleibt da auch ein Stück Traurigkeit und Verletztheit. Die Unfähigkeit, Zuneigung zu leben, ohne damit andere zu verletzen, zu kränken, zu „verraten“ ... ist (noch) steinzeitlich! Als „gesprächs- und kommunikationsgeschulter“ Mensch erleide ich (ist das Selbstweh?) diese „Unfähigkeit zur Intimität“ als belastend. Unter Intimität verstehe ich genau das, was unser Verhältnis so sehr kennzeichnet: die Summe aus Angstarmut, Vertrauen, Zuneigung, Offenheit und Interesse. Ich denke, daß wir beide darin übereinstimmen, keine besitzergreifende, geschlechtliche, „heimliche“ Intimität zu wollen. Wir woll(t)en uns im Grunde nur verstehen.

Und nun erlebe ich entstehende (oder schon lange vorhandene?) Angst in oder bei Dir, daß unser Nahe-, Zu-Nahe-Kommen Dich in Deiner Beziehung zu Albert zu stark belasten könnte ...

Wir könnten über diese Ängste sprechen, könnten – so sie wollten – unsere beiden Lebensgefährten daran teilhaben lassen. Aber Du ahnst wohl richtig, daß das eine gewisse, verständnislose Konfusion geben könnte ...

„All das“ sind nicht nur Deine und meine Probleme! Es sind Probleme einer kommunikationsgewaltigen Steinzeit – in der *Techniken* so perfektioniert wurden wie nie zuvor in der Menschheitsgeschichte. Wir können in Sekundenbruchteilen mit Astronauten über Telefonverbindungen Gespräche führen; können tausendfach gespeicherte Information in kleinsten Zeiteinheiten überspielen, wohin wir wollen ... Aber unser sehr privates, persönliches Miteinander – Umgehen ist eher steinzeitlicher geworden. Nähe ist Ferne gewichen; technische Kühle der Information dominiert Wärme des Gefühls, Ruhe und Gelassenheit wich der

Maximierung von Informationseinheiten. Wir verarmen darüber hinaus durch (Fernseh-)Bilder in Fantasie und Ausdrucksfähigkeit. Sprache verkommt zum Manipulationsinstrument, wird einseitig überbetont als Mittel der alles gleichmachenden Sachlichkeit.

Die Vielfalt unserer (oft ehrlicheren) anderen Sender, hier vor allem unsere Fähigkeit, Körperkontakt aufzunehmen, leidet durch das Vorherrschen des Fern-Seins. Seelische Nähe ist lediglich reserviert für *einen* Menschen – vielleicht nur für die eigenen, kleinen Kinder. Darin liegt Armut! Uns zu berühren im Glück des Nah-Seins ist tabuisiert. Uns ein dümmlich-oberflächliches Wangenküßchen beim Zusammentreffen „vor aller Welt" zu geben, ist chic, „unverfänglich", einfach nur nett ... Man tut das heute so unter oder zwischen Freunden.

Liebe Bärbel, Freundin, lieber Mit-Mensch Du: die uns nur scheinbar trennenden Meter und Kilometer schrumpfen im Fühlen zur Unbedeutung – und das freie Spiel der Gedanken und Wünsche kennt keine Raum- und Zeitbegrenzungen. Ob das Fassen der Hand, das Streicheln der Wange, das Einander-ganz-nah-sein (auch körperlich), als Realität geschieht oder als kreatives Wollen gedacht wird, ist nur ein gradueller Unterschied ... Es bleibt das Erlebnis der Nähe, der Wärme, des Annehmens ... Aber ich mag mich weder aufdrängen noch anklammern ...

Ahnen, was der andere sein könnte; ihn zu befähigen, diese Imagination zu werden, ist Freundschaft. Einander ein Stück Weg führend, ist das Einlassen-Können, das Toleranz gebiert. Wenn ich mich in (m)eine Beziehung fallen lassen kann, auch und gerade wenn es mir nicht so gut geht ... zum Stift greifen und Gedanken an einen Menschen in liebender Nähe richten kann, dann ist das Freundschaft. Immer werde ich Angst haben, ob ich meine Ängste äußern darf – aber genau diese eine Angst zu überwinden, ist Vertrauen ...

Nein, wir müssen einander nichts (mehr) beweisen. Wir haben nur (?) die Pflicht, keine zu fordern, sie nur zu erbringen. Laß mich ein Wort zur Freiheit sagen, die Steinzeit verändern kann. Frei kann nur sein, wer wählen muß. Wir instinktlosen Menschentiere sind zu ständig neuer Entscheidung gezwungen; und Entscheidungen sind angebunden an Werte, die wir uns als Menschheit oder als Einzelwesen setzen. Entscheiden heißt, zwischen Wichtigkeiten zu entscheiden.

Dir ist – und ich hoffe, Du glaubst mir, daß ich's respektiere – die Ruhe in Deiner All-Beziehung zu Albert zu wichtig, als daß Du sie durch mich, meine Gedanken, meine Seelennähe zu Dir erschüttern lassen wolltest. Weil ich Dich auf meine Art liebe, ist dieser Wunsch erfüllt (und vielleicht sende ich diese Zeilen ja in dieser Form nie ab!). Du hast entschieden. Vor jeder freien Entscheidung liegt das Erkennen – und Erkennen ist eben genau die Ermöglichung von Freiheit!

Wir beide sollten (neue) innere Freiheit gewinnen; denn sie ist das Fundament für die äußere – und ginge diese, letztere, verloren, bliebe diese innere Unabhängigkeit doch stets erhalten. So können wir zueinander (bei aller Kompliziertheit der Worte) naiv sein, können von Erwartungen und Hoffnungen, von Bildern und Fakten (fast völlig) frei sein. Die jeweilige Wirklichkeit (zwischen uns) bleibt immer eine individuelle Wirklichkeit möglichst frei von Gruppenzwängen und Fremdnormen, frei von Behauptungen und „geschichtlichen Wahrheiten", frei von egoistischen Wünschen, die nach platter Befriedigung drängen. Wirklichkeiten sind persönlich.

Ich werde still-fragend Dir gegenüber offen bleiben. Obgleich ich weiß, daß Deine Festlegung für Dich ein Gefühl der Sicherheit bedeutet, kann genau dieses Fest-Sein neue Freiräume ermöglichen. Irrwitz! Enge und Ausblick macht freiheitsliebend. Zu große Freiheit beengt! In unserer nun schon Jahre dauernden Freundschaft laß uns einander wechselseitig Angel oder Tür in die Weite menschlichen Wesens sein! Wir werden – und ich freue mich auf unsere Zukunft – in unserem Erinnern auswählen; denn nichts anderes ist es, in der Gegenwart Entscheidungen für die Zukunft aus dem Vergangenen zu treffen.

Ja, wir müssen uns abstimmen mit den Sozietäten, die uns ja auch tragen – aber, meine ich, wir müssen vor allem aus unserer eigenen Mitte heraus leben. Nichts ist fest, ewig, unerschütterlich. Gedachtes ist nie mehr rückgängig zu machen – es gewinnt die Macht des Faktischen.

Aber wohin verliere ich mich? Es wird ein niedergeschriebener Schwanengesang unserer bisherigen Beziehung. Aber unsere Brücken zueinander schätze ich ungeheuer belastungsfähig ein – und mein Vertrauen in uns ist zukunftsorientiert und vielleicht auch Hoffnung im Sinne der sich selbst erfüllenden Prophetie.

Natürlich entdecke ich da auch ein Stück Selbstbetrug; denn ich zweifle ja, ob ich diese Zeilen absenden werde! Ich möchte (neuerliche Rationalisierung?!) meine Kompliziertheit nicht auf Dich übertragen und damit nicht unsere ja auch vorhandene Fröhlichkeit belasten. Ich kann wohl ganz gut mit einem großen Teil meiner stillen, dann oft niedergeschriebenen Gedanken allein leben – ganz still. Auch das scheint mir eine Art von Kultur zwischen Freund-Menschen sein zu können.

Du bist mir nah – und Du wirst mir wohl immer nah sein.

Liebe, verehrte Frau!

Wir sind vor Jahren Nachbarn geworden. Inzwischen sind wir, trennen uns auch fast 40 Jahre Leben voneinander, Freunde, zumindest einander Vertraute geworden. Sie schrieben mir auf ein Selbstportrait von Ihnen: „Gegenseitiges Vertrauen verdient des Herzens Dank". Lassen Sie mich diese Plattform einerseits und andererseits Ihre immense Angst vor dem Sterben Anlaß nehmen, in Ergänzung zu unseren häufigen Gesprächen, Ihnen diese Zeilen zu schreiben.

Ihr künstlerisches Werk ist nicht beendet. Ein Œuvre ist nie beendet! Die Krankheit warf Sie nieder. Schmerzen mahnten Sie an verbrauchte, kaum wiederkehrende Kraft. Sie ahnen in den sonnenmilden Herbsttagen Ihren Winter. Kälte greift nach Ihnen und läßt Sie nachts aufschrecken, nicht schlafen. Der pensionierte Pfarrer in unserer Straße kann Ihnen keine Sie befriedigende Hilfe geben, obwohl Sie so gern glauben möchten. Sie fragen mich. Lange Jahre habe ich über das Sterben, den Tod nachgedacht (u.a. weil immer wieder Klienten/Patienten an dieser Schwelle standen; einer Schwelle, die sie nicht anzunehmen bereit waren!). Eine wirkliche „Lösung", ein sicheres „Wissen", eine klare „Vorstellung" ... habe ich auch nicht. Aber ich habe eine für mich im Moment gültige Einstellung gewonnen, an der ich weiterarbeiten kann und möchte. Auch mit Ihrer Hilfe.

Aber erlauben Sie mir noch eine Vorbemerkung. Bei allem, was man zu dieser Thematik sagt und denkt, gehen Ideologien ein; also „Wertüberzeugungen", die sehr persönlich sind. Sprechen wir über Werte, bewerten wir! Werten heißt: dieses als besser, jenes als schlechter zu beurteilen. Und genau dort treffen Menschenwelten aufeinander, weil wir eben alle sehr unterschiedliche Erfahrungen gemacht und gelebt haben. Wollen Sie das bitte berücksichtigen, wenn ich aus der Summe meiner Lebensgedanken das folgende schreibe?! – Und: das Geschriebene ist nur eine Ergänzung zum Gesprochenen. Wir können beides tun.

Vielleicht sieht an der Grenze von Raum oder Zeit alles ganz anders aus, als wenn man (noch?) mittendrin ist? Die Lebensstärke, die Tiefe des Erlebens, der Genuß des Empfindens, alle tieferen Weisen des Wohlbefindens wie Glück, Freude und Zuneigung ... sind wohl immer wieder an den Reichtum der Wirklichkeit gebunden.

Und Wirklichkeiten haben Grenzen des Vermögens – mir scheint das auch sinnvoll zu sein. Ohne Begrenzungen würden wir Ohnmacht, Langeweile und unendliche Gleichgültigkeit erfahren. Die Kostbarkeit des persönlichen Lebens gewinnt ja durch den Augenblick, durch das Nie-Wiederkehren des Gewesenen seine hohe Bedeutung. In der Endlosigkeit gäbe es nichts Behutsames, Großes, Kostbares ...

Und gerade in der Sorge um des Lebens Ende gelingt das erfüllte Dasein. Müssen wir nicht als *gebildete* Menschen die Werte der Wirklichkeit in ihrem Reichtum erschließen dadurch, daß es uns gelingt, von uns selber Abstand zu nehmen, uns nicht um uns zu sorgen, sondern uns *an etwas* oder *über etwas* zu freuen? Sind nicht die für uns wichtigsten Beziehungselemente andere Menschen? Das Herauswachsen aus der Selbstbefangenheit, das Ver-Objektivieren und Differenzieren von Interessen und Fähigkeiten führt uns – menschlich im Gegensatz zum stumpf Animalischen – zur Steigerung des Empfindens und des Bewältigens von Freude und Schmerz. Schmerz und Leid machen in einem hohen Maße egoistisch und egozentrisch. Schmerz verspannt, verengt, absorbiert Aufmerksamkeit und Kraft.

Die Wirklichkeit ist Weite mit Begrenzungen. Das individuelle Leben stößt immer wieder schmerzhaft an diese Grenzen, die uns realistisches Bewußtsein schaffen. Immer und zu jeder Zeit steht unsere Selbsterhaltung auf dem Spiel – und wir wissen von Kindheit an um die Gewißheit des tödlichen Ausgangs. Nur wer dies bis kurz vor seiner letzten Krise leugnet, bringt sich scheinbar um den Sinn seines Seins.

Wir durchwandern Krisen wie Phasen des Wachstums: eine alte Haut wird abgestreift. In der Empfindsamkeit des neuen Wachsens sind wir schutzlos, meiden überstarke Reize und sehnen uns fälschlicherweise oft in die feste Enge des Vergangenen. In der Furcht vor dem Zukünftigen, dem Neuen, sind wir eher bereit, die Beschränkungen des bekannten Elends zu erleiden als uns zu öffnen im Vertrauten auf die Weisheit des Lebens.

Gute Entwicklungen gehen langsam vor sich: Kräfte und Fähigkeiten zum Begreifen sind nur die Vorstufen zum Loslassen. Ist nicht das Kinderfäustchen, das Sich-Einverleiben, das Haben- und Begreifen-Wollen der frühen Kindertage ein Ausfluß der stärker ausgebildeten Flexoren („Beuger") gegenüber den Streckern der Willkürmuskulatur, mit denen wir lösen und öffnen? Wir müssen Gelassenheit, Zulassen-Können, Loslassen-Wollen einüben. Aber: Werteinsichten, werden nicht durch Belehrungen, wissenschaftliche Abhandlungen oder sonstwas, sondern nur durch Eigenerfahrung und Einübung erworben.

Da wir das letzte Loslassen nur durch unglaublich viele, tägliche Abwägungen und Einigungen in kleinen und großen Entscheidungen einüben können, müssen wir es tun. Wer nicht eine innere Einstellung zum Geschehen-Lassen gewinnt, verstrickt sich in Täuschungen seines Hoffens. Wer mit einer großen Summe von Talenten, Wohlstand, Gesundheit und menschlichen Beziehungen gesegnet ist wie Sie, mußte sich wahrlich weniger mühen. Der Ohn-Mächtige sinnt, wenn er differenziert ist, tiefer über seine Werte, seine ihm verbleibende Zeit, seine Möglichkeiten!

Wem das „Machbare“ auch fremd ist, weil kaum etwas seinem Willen, seinen Bemühungen „gehorchte“, dem wird das Ertragen des Unausweichlichen leichter fallen. Vielleicht ist das ein Trost? Oder gibt es hier gar keinen Trost?

Es mag verletzend wirken ... aber: Seien Sie doch bescheiden und dankbar! Der lange Jahre gedanklich verdrängte Tod kann Sie auch um einen tieferen Sinn Ihres Lebens bringen. Aber bitte: in dem Sinnen an ein uns alle ereilendes Ende dieses So-Seins muß doch nicht das gegenwärtige gelebte Leben an Wert verlieren! Jede Minute heute und morgen kann Sinn haben – wenn *Sie* es wollen!

In der bewußten Anerkennung der Todes-Gegebenheit überwinden Sie die Furcht, daß der Tod dem Leben Sinn nehmen könnte. Niemals kann ein Sterben dem Sinn Ihres Lebens etwas wegnehmen! Uns allen und damit allen Menschen ist und bleibt Ihr Werk hinterlassen, welches Sie noch fleißig erweitern werden. Lassen Sie die verbleibende Zeit dem Werk, den Menschen, die Sie mögen, zukommen. Reservieren Sie die Zeit bitte nicht für die Angst zum Tode! Geben Sie der Angst keine Herrschaft.

Unser aller Sterben fordert von unser aller Leben eine Wahrheit: wir sind nur „menschliche“ Menschen, wenn wir die Wirklichkeiten unserer Leben sinn- und wertmäßig verstehen und gestalten.

Meine große Bitte für Sie, für uns: Können Sie nicht versuchen, Ihre Angst vor dem Nicht-mehr-Leben in eine Freude über das Noch-Leben zu sublimieren? Ich weiß, es ist leichter gesagt und geschrieben als gelebt. Sie sprachen davon, daß Sie Tage oder Stunden haben, an/in denen Sie nirgendwo mehr Freude empfinden. Das ist in der Tat schlimm. Dennoch möchte ich dagegenhalten, daß es tagtäglich Dinge, Ereignisse, Gespräche ... gibt, die man eher sucht oder eher meidet. Tun Sie das, was etwas Freude macht. Diese Bewertung kann Ihnen zur Richtschnur werden.

Sie haben mit über 80 voll-gelebten Jahren ein Recht darauf (woher? von wem ...), nichts zu tun. Aber das können und wollen Sie gar nicht. Sie haben die Gnade und die Gabe, durch Ihre Werke Freude zu schenken. Schenken Sie. Sie tun es ja. Sie schenken Ihre Werke und Sie schenken sich! Verströmen Sie sich in die Generationen „danach" – Sie sind im Herzen, Sie werden in den Erinnerungen sein ...

Leben ist auch ein ständiger Wechsel – und: was wissen wir wirklich von unseren „Übergängen"? Wenig. Wie „überstehen" wir Jugendkrisen, Scheidungen, Krankheiten, Tod ...? Auf überstandenes zurückschauen, läßt uns vielleicht lächeln – aber *vor* dem Ereignis waren wir sehr „prüfungsängstlich" – es sei denn, wir hätten ein unerschütterliches Selbstvertrauen. Und wer kann das von sich haben? Aber können wir nicht vielleicht Vertrauen in eine kosmische Ordnung haben? Es mag Situationen geben – und dazu zähle ich (menschliches) Sterben – die unsere Vorstellungen weit übersteigen. Nur *deshalb* machen wir uns Angst oder lassen unreife Kinderängste zu! Strafen Sie Ihr bisheriges Leben keine Lügen durch Verneinung eines Sinns! Ihre Kunst ist Ihr Sinn. Ihr Werk, Ihr Leben, Ihr Dasein ... ist Ihr Sinn. Bei allen Befürchtungen ist es doch auch nie ohne Hoffnung!

Lassen Sie uns zu diesem Thema sprechen und auch miteinander schweigen. Herzlichst,

Ihr

Liebe Verena,

es mag sehr merkwürdig sein, Dir, die Du heute beerdigt wirst, einen Brief zu schreiben. Es sind Gedanken, die zu spät kommen, weil Du zu früh gehst, weil ich nie die Gelegenheit genommen habe, Dir diese mir wichtigen Gedanken zu sagen ...

Weißt Du noch, wie wir uns kennengelernt haben? Es war irgendwann vor vielen Jahren beim Tennisspiel. Wir trafen zufällig aufeinander und hatten viel Spaß miteinander. So, wie es sich dann in der Folgezeit immer wieder gestaltete: wir trafen uns mal hier mal dort, haben auch einmal zusammen mit unseren Familien Urlaub gemacht, und hatten eigentlich immer ein sehr fröhlich-lockeres, verpflichtungsfreies Verhältnis zueinander. Unsere Familien kannten sich gut, wir hatten viele gemeinsame Bekannte und Freunde.

Merkwürdig ist auch, wenn ich jetzt so darüber nachdenke, daß wir bei aller Sympathie, die wir sicherlich füreinander empfanden, uns nicht wechselseitig öfter besuchten. Ihr führtet ein anderes Leben: Ihr liebtet etwas den „größeren Stil", Hans war viel unterwegs, Eure Kinder waren etwas älter als unsere ... Aber: immer wenn wir uns trafen, war es nett und harmonisch. Wir haben viel zusammen gelacht, haben fröhliche Stunden gehabt und zugleich auch ernsthafte Gespräche geführt. Selten haben wir über uns, unsere Beziehung gesprochen. Vielleicht, weil wir wußten, daß sie – bei aller Gelöstheit – gut und verbindend war.

In dem unsagbar unpersönlichen Totenamt in der Kirche gestern abend, war ich Dir, Euch, Hans und den Kindern sehr nah. Du bist nicht mehr bei uns. Deine kurze und heftige Krankheit ist für uns alle, wenn auch nicht sehr überraschend, so plötzlich und so schlimm ausgegangen. Wir nehmen an der Trauer Deiner Familie An-Teil. Wir nehmen an dem Tod An-Teil: wir nehmen einen Teil von ihm an. Wir wissen alle, daß Du uns vorausgegangen bist. Wir wissen, daß uns das ereilt, was Dir widerfuhr, so oder so!

Aber genau darin liegt das, was uns so ängstigt, unsicher macht und zugleich mahnt: unser Leben ist begrenzt, unser Wollen ist eingeschränkt im Gegensatz zu unserem oft völlig unrealistischen Hoffen. Ich werde heute mittag an deinem Grab stehen und weiß, daß das „nur" die von Menschen geschaffene äußere Form des Abschiednehmens ist. Ich benötige länger, um von Dir Abschied zu nehmen. Ich möchte in den Gesprächen mit Hans dieses Loslassen einüben, das mir jeder Tote vermittelt. Ich möchte Dir mit diesen Gedanken, die Dich vielleicht irgendwie erreichen (?), sagen, daß ich mich Dir nach wie vor verbunden fühle. Ich versuche auch von Dir, durch Dich zu lernen. Ich möchte an Deinem, Eurem Schicksal Leben begreifen. Und ich denke, das geht nur, wenn man das Sterben, den Tod begreift, annimmt. Wir haben, liebe Verena, nie darüber gesprochen. Wohlerzogen(?) vermeiden wir solche Gespräche- und erst recht dann, wenn wir befürchten müssen, daß mit dem Sterben in der nächsten Zeit zu rechnen ist. Wir sagen, daß das zu „privat" sei, daß das nur Themen für den engsten Familienkreis sind. Und ich weiß doch von Hans, daß Ihr zwar alle daran dachtet, daß Ihr es alle befürchtetet – aber keiner hat davon gesprochen. Nach dem Kirchgang standen wir im Freundes- und Bekanntenkreis noch etwas zusammen; und alle waren sich plötzlich einig: „Damit mußte man ja rechnen ...!" Aber haben wir darüber gesprochen? Haben wir Dir geholfen, ein Stück des schlimmen Weges der letzten Wochen leichter zu gehen? Du kamst, von der Krankheit schwer gezeichnet, uns auf dem Tennisplatz besuchen. Es war auch Deine Welt, wie Du zu uns gehörtest. Aber jeder mied das Thema, Dich nach deinem

Ergehen zu fragen. Auf meine diesbezügliche Frage hast Du ausweichend und – mir schien es so – auch ängstlich geantwortet: „Hach, was soll ich sagen? Den Umständen entsprechend. Ich muß zufrieden sein!“ Das war vor einigen Tagen. Ich ahnte, wie Du unser Leben aufgesaugt hast, weil Du um dein Leben, Dein Sterben wußtest. Diszipliniert konntest Du im Clubhaus Anteil nehmen am Leben, das das Leben der anderen war.

Ahnten wir nicht alle, daß Du Dich sehntest nach dem Wie-früher und das Kommenden in das irreale „Geschenkpapier“ ängstlicher Hoffnungen wickeltest?! Ob Du nicht zuweilen am Tagesbeginn den Eindruck gewinnen mußtest, daß die Tage das Atmen vergessen sollten, damit sie nicht wegrinnen, weil wir sonst keine andere Chance haben, sie anzuhalten?

Entsinnst Du dich, wie alles gekommen ist? Ich ahne nur Zusammenhänge. Hans ging im Zorn von seiner alten Firma, weil er sich falsch behandelt fühlte. Auf der Suche nach einem gesicherten Broterwerb – und es waren sicherlich schwere Zeiten für Euch – wurde Eure Tochter, die zuvor einen relativ (!) kleinen Verkehrsunfall unverschuldet ertragen mußte, schwerkrank. Euer Sohn machte zur gleichen Zeit größere Schwierigkeiten in der Schule. Bärbels Zustand wurde schlimmer und schlimmer, und wir alle mußten das Schlimmste befürchten. Du hast Dich als Mutter einer erwachsenen Tochter nervlich fertiggemacht, hast kaum geschlafen, hast pausenlos geweint und geraucht. Der entstehende Tränenschwall hat oft jegliches Gespräch verhindert. Hans mußte Beruf, Krankheit, alle Schwierigkeiten und sich selber kontrollieren und sich beherrscht zeigen. Er entwickelte eine / seine Philosophie des Ertragens. Alles habt Ihr getan, um Bärbel wieder gesund zu bekommen. Und wir haben mit Euch gebangt. Und das Wunder geschah: die plötzliche Genesung, die Operation, die endlich zum Erfolg führte, gelang. Alle waren wir glücklich, alle atmeten wir auf.

Dann kam diese schlimme Nachricht: Verena ist schwer

krank. Nur zu gern hätten wir alle angenommen, daß das „nur“ eine vorübergehende Folgeerkrankung der monatelangen Belastung war. Aber wir etwas Eingeweihteren ahnten Schlimmes heraufziehen: Du hattest nichts mehr, was Du einer schweren Erschütterung Deiner Gesundheit entgegensetzen konntest! Das erlebte Elend der vergangenen Monate und das gesundheitsschädigende Verhalten hatten Deinen Körper verlebt: dünn, blaß, erschöpft, müde, ohne Kraft ... hat Dich die tückische Krankheit erwischt. Wieder wurden „Kapazitäten“ konsultiert, wurden keine Kosten gescheut, Klarheit zu verschaffen. Es wurde eine Klarheit, die immer unerträglicher wurde, die man nur noch hinter der vorgehaltenen Hand weitersagen mochte! Ich ahnte, und mit mir sicherlich andere, daß nun der Tod bei Euch ins Haus eingezogen war! Das Wort Krebs wurde mit Diagnosen umschrieben, mit „neueren Erkenntnissen“ gerade bei dieser Art der bösartigen Geschwulstkrankheiten verdeckt und die atemberaubenden (!!) Erfolge der letzten Jahre sollten das Wort vergessen machen.

Wir fragen uns immer wieder unsinnigerweise nach dem Warum?! Warum erwischt diese tückische Krankheit gerade jene, die es am wenigsten verdient zu haben scheinen? Oder verstellt uns unser Mitleiden nur die Sicht für eine andere Art von Gesetzmäßigkeit? „Ich finde, jedermann, der sein ganzes Leben lang lieb und brav gewesen ist, verdient nichts anderes, als daß er Krebs bekommt“, hat bissig ein Krebskranker über sein Leben in der Nachbetrachtung gesagt. (Zorn: Mars). Ist in Deinem Falle nicht die tödliche Angst vor dem möglichen Sterben Eurer Tochter in eine tödliche Bereitschaft der Mutter verwandelt worden, selber erneut Leiden auf sich zu nehmen? Mystisch eingestellte Menschen mögen dem Mechanismus der Anziehung oder Abziehung einer Krankheit, vielleicht auch als Selbstbestrafungstendenz zuneigen. Wir könnten in Deinem Sterben auch eine Läuterung erblicken, könnten die Mahnung begreifen, daß wir unsere Kinder nicht ohne „Strafe“ festhalten dürfen ... Wir sollten solche Theorien nicht grundsätzlich verwerfen – sie aber auch nicht überbewerten!

Ich stehe an Deinem Grab. Ich schreibe Dir meine Gedanken auf. Ich habe das Gefühl, daß wir nicht genügend miteinander gesprochen haben. Ich weiß, daß wir, die wir vorerst hierbleiben, rasch über das Thema hinweggehen – uns zwar alle sagen werden: „Ist das nicht schrecklich? Nein, was *die* Familie hat mitmachen müssen ...!" aber nichts Wesentliches daraus lernen werden! Aber wir können etwas ändern! Wir können daraus lernen! Wir können vor allem daraus lernen, daß wir miteinander sprechen, solange es möglich ist. Solange es sinnvoll ist. Solange wir einander benötigen. Warum müssen wir wohlerzogen(?) unsere wahren Empfindungen verbergen, in die Träume oder die nächtlichen Ängste verbannen? Warum sperren wir die großen Gefühle in den Käfig des Alleinseins ein? Wohl, weil wir nicht über seelische Nöte klagen wollen, in der selbstbetrügenden Annahme, daß wir dann auch keine hätten! Müssen wir Menschen uns nicht mitteilen, um zu teilen? Warum, Verena, warum, Hans, habt Ihr den Eindruck einer wunschlos unglücklichen Familie machen wollen? Was haben wir, was habe ich falsch gemacht, um Euch den Weg zu uns nicht zu erleichtern? Kommen wir, Hans, jetzt zueinander? Wollen wir das überhaupt? Ich fühle mich ohn-mächtig (ohne Macht), wenn wir uns auf Friedhöfen treffen, weil wir aus weiß der Himmel was für Gründen, sonst nicht zusammenkommen! (Und wenn, dann vertun wir oft unsere Zeit mit oberflächlichem Schnickschnack!). So kommen wir im Leben oft nicht mit unseren Menschen, unseren Gesprächen zurecht. Da muß das Sterben bemüht werden, um wieder Tiefe, heiligen Ernst, Wesentliches ... zu mobilisieren! Es entsteht Wärme im Händedruck, wenn wir am Grab stehen. Aber es ist Wärme, die wir so sehr nach dem eiskalten, täglichen Leben erleben. Es ist keine dauernde Wärme. Es bleiben episodenhafte Begegnungen im Leid! Memento mori! Die Farben, die Wärme, die Töne ... werden wir uns auf dieser Welt zur Freude machen müssen!

Wir dürfen, und das wird mir am Grab so deutlich, nicht schweigen dadurch, daß wir das Unangenehme in Rituale verbannen, ins Abseits verdrängen. Wir dürfen nicht Gestorbene zu Helden, Heiligen oder „einfach nur" überragend guten Menschen machen. Wie auch wir uns im Angesicht unseres Sterbens nicht zu besseren Wesen stilisieren dürfen! Wir sollten wohl auch akzeptieren, daß es Phänomene und Ereignisse gibt, die wir nicht als sinnvoll begreifen können! Wie wir Sinn in unserem Leben erfassen können, können wir viele Erscheinungen auch „sinnlos" bezeichnen. Ich verstehe nicht den Sinn davon, daß Eurer Familie soviel aufgeladen wurde. Wer das alles „nur" mit einem göttlichen Willen, einer himmlischen Gewolltheit erklären kann, streut sich m. E. Sand in die Augen. Oder macht er es sich einfach nur leicht, weil man dann nicht mehr denken muß? Glauben ersetzt Denken? Glauben ersetzt das Aushalten-Müssen, auch des Sinnlosen. Wenn es Sinn gibt, ist es dann nicht von einer bescheidenen Logik, daß es auch Sinnlosigkeit gibt, geben muß?

Verena, ich stehe vor Deinem Grab. Du lehrst mich leben! Unsere Beziehung hat sich verändert. Mein Leben hat sich ein klein wenig verändert. Ich gehe vom Friedhof und ahne, daß ich zu der Trauergemeinde ein anderes Verhältnis gewinnen könnte.

Es gibt keine Schluß-Grußformel für solche Briefe. Ich sage nur: Danke.

Lieber, verehrter Herr Nachbar ...,

seit Jahren kenne ich Sie nicht: Sie sind groß geworden unter meinen Augen, scheinen ein junger Mann zu sein, der nun schon im Rahmen der Möglichkeiten durchaus selbständig geworden ist. Ich habe in Erinnerung, wie Sie mit ihren Großeltern (haben sich die Eltern zu sehr geniert?!) als kleiner Junge die Straße, in der wir seit Jahren gemeinsam leben, hinuntergetrollt sind. Die fröhlich gestammelten Laute, die Sie von sich gaben, wenn wir uns trafen, sind längst dem maskenhaften Schweigen der Wohlanständigkeit gewichen ... Wir grüßen uns nicht mehr, wenn ich den Wagen aus der Garage fahre und Sie zum Bus gehen, der Sie zur Behindertenwerkstätte bringt. Ja, Sie haben viel gelernt, was unsere Gesellschaft so verlangt! Ihre Spontaneität ist Ihnen, zumindest auf der Straße, aberzogen worden. Sie können allein zum Straßeneck gehen, können wohl auch allein vieles verrichten, was Sie mühsam haben lernen müssen. Ich versuche mich in die Welt des geistig-seelisch Behinderten hineinzuversetzen ... und: es will mir nicht recht gelingen! Was habe ich eigentlich in der Zwischenzeit gelernt? Konnte ich mich dem kleinen Jungen damals noch relativ gut zuwenden, so fällt es mir jetzt außerordentlich schwer, mit Ihnen „umzugehen". Ob Sie das verstehen könnten? Ob Ihre geschätzten Großeltern das wohl verstehen?

Wenn ich a-normalen Menschen begegne, tut sich etwas wie Hilflosigkeit in mir auf: kann ich feinfühlig diesen Menschen ein Stück annehmen? Kann ich ein Stück von ihm oder ihn in seiner ganzen Persönlichkeit annehmen?

Bin ich bereit, solche Menschen als „Bruder“ und „Schwester“ zu lieben? Um solche Fragen zu klären, muß ich das Zwischen-Uns analysieren!

Das Gegenüber löst etwas in mir aus. Gefühle, die auch Ängste beinhalten, Unverständnis mit Empfindungen der Insuffizienz. Oder ich verfalle in eine „Beschützerrolle“, die der andere aber vielleicht gar nicht will, gar vehement ablehnen würde?! Welche Teile des Verhaltens und Erlebens meines behinderten Gegenübers kann ich annehmen bzw. nachvollziehen? Hat er auch Bedürfnisse nach Kontakt, nach sexueller „Trieb“-Befriedigung? Ist da nicht eine andersgeartete moralische „Bewertung“ des geistig Behinderten, die so voller Vorurteile steckt? Weiß ich nicht, daß „man“ (?) diesen Menschen, als den Anderen, unterstellt, sie würden unsere „gesunden“ Mädchen bedrohen und sogar vergewaltigen? Erzählen wir nicht Greuelgeschichten über ihre angebliche Brutalität? Warum das? Weil wir unsere mitfühlende Mitmenschlichkeit nicht soweit ausgebaut haben, daß wir auch den Abnormen ertragen können bzw. wollen; also machen wir ihn in Gedanken zum Unmenschen und weiden uns an der vermeintlichen Außergewöhnlichkeit!

Könnten wir uns dagegen nicht zunehmend bemühen, den anderen Menschen in seinem Anderssein zu verstehen? Müssen wir da nicht mit den Betreuern, Eltern, Fachleuten sprechen, um zu lernen? Wie schwer fällt es vielen Menschen mit Rollstuhlfahrern umzugehen ... Um wievieles schwerer erscheint der geistig Behinderte zu „erreichen“ zu sein ... So wird das interessierte Zugewandtsein zu einem Aspekt der Wertschätzung, die wir in einer humanistischen Gesellschaft allen anderen Menschen entgegenbringen sollten! Aber da ist noch mehr zwischen uns: in welcher Beziehung stehen wir zueinander? Bin ich in meiner Rolle als Lehrer, Kaufmann, Nachbar, Vater ... angesprochen? Wie ist unser Verhältnis zueinander definiert? Wie sehen Sie das wohl? Wie „sind Sie“ in anderen Lebensfeldern, die ich gar nicht einsehen kann? Welches sind Ihre gesunden Anteile, die ich im Sinne der Kommunikation und Interaktion durchaus ansprechen könnte?

Ich erlebe mich unehrlich; denn es ist Interesse da, das ich „wohlerzogen“ doch nicht zeige! Wie nehmen Sie mich, uns wahr? Was nehmen Sie überhaupt wahr bzw. für *wahr*? Erleben Sie nicht unsere Reserviertheit als Unehrlichkeit oder als Unmenschlichkeit? Könnte ich nicht durch Ihre Sichtweise diese Welt ganz anders erfahren? Ist sie vielleicht gar nicht so, wie ich sie zu sehen gewohnt bin?

So wie z. B. „Ordnung und Sicherheit“ bzw. deren Überwachung nicht nur und allein Sache der Polizei ist, sein darf, darf das Handhaben „seelisch-geistigen Leidens“ (?) nicht allein Angelegenheit der Spezialdienste (Kliniken, Tagesstätten, Heime ...) sein! Und ist es nicht sehr unfair, den Eltern oder Großeltern solcher behinderter Menschen allein die Sorge zu überlassen? Wie können wir ihnen helfen, ihre zuweilen sicherlich schweren Aufgaben leichter zu tragen? Sind nicht ihre Kinder als die schwächsten Glieder unserer Gesellschaft auch unsere Kinder?

Und ein letzter Punkt, der mir in unseren Begegnungen immer wieder deutlich wird: was kann ich lernen? Die Zusammentreffen bewirken etwas bei mir. Da werden Gefühle mobilisiert, die ich nicht einfach nur „wegstecken“ möchte! Weder Mitleid allein noch geheuchelte Souveränität „stimmen“ ... Weder Teilnahmslosigkeit noch der bereits angesprochene „Brutpflegetrieb“ erscheinen sinnvoll! Das von der „Normalität“ abge-rückte (das Ver-rückte!) sollte in meine „Normalität“ eingebaut werden. Das Außergewöhnliche wird immer einen Wachstumsreiz darstellen!

Ich kam zu folgenden Überlegungen: im Umgang mit Behinderten gibt es wohl keine generellen Regeln, sondern es gibt lediglich Aspekte, die man situativ berücksichtigen sollte, will man dem Gegenüber gutsein und sich selber etwas aus seiner Hilflosigkeit „erlösen“:

– Sich selber sollte man nicht „verrücktmachen“ lassen; ein Mindestmaß an Gelassenheit erscheint sinnvoll;

- das Gegenüber ernstnehmen in seiner Andersartigkeit; man kann versuchen, sich in seine Welt einzuspüren;
- klare und unmißverständliche Darstellung und Verstehbarmachung dessen, was man selber ertragen kann und will (Behinderte wollen sich oft anklammern, wollen Gegenstände haben, Kleinkinder tragen ...);
- sanfte Formen der Lenkung verwenden; durch geschicktes Beeinflussen der Interessenslage kann es durchaus zu wechselseitiger Kommunikation kommen;
- immer wieder auch Betreuungspersonen ansprechen und mit ihnen zum Wohle des Behinderten „arbeiten";
- das Geschehen zwischen Behindertem und „Normalen" als Wechselbeziehung begreifen;
- Vertrauen schaffen und rechtfertigen (nicht enttäuschen!);
- Zeit nehmen; Behinderte benötigen noch mehr Zeit als andere Menschen in Krisenzeiten;
- sich nicht „auffressen" lassen, d.h. sich nicht alles aufladen lassen, nicht die alleinige Verantwortung aus falsch verstandener Nächstenliebe förmlich aufsaugen, wenn man nicht speziell ausgebildet worden ist;
- sollte eine Veränderung der Beziehung zueinander – aus welchem Grund auch immer – angestrebt sein, so sollte man bereit sein, sich selber zu verändern.

Aber wozu schreibe ich Ihnen das alles?

Es ist eigentlich der Versuch, mich selber zu begreifen in der Begegnung mit Ihnen. Es ist der Versuch, mich anderen gegenüber verständlich zu machen, sie ebenfalls zu Reaktionen, zum Nachdenken zu bewegen. So gesehen gestaltet sich jedes unserer Zusammentreffen als ein Baustein des Nachsinnens, des Dankbarseins über dieses Nachsinnen und über die Möglichkeit, mit allen Sinnen an diesem Leben teilzuhaben ...

Ich grüße Sie, wie ich Sie jetzt immer auf der Straße grüßen werde: Alles Gute,

Ihr

Liebe Julia,

es ist wohl nur ein Zufall (oder nicht?!), daß Du den Namen jener Frau trägst, die durch ihr Glück und ihr Leid in der Liebe so berühmt wurde. Du hast mich gefragt, ob ich Dein wirkliches Problem verstehe? Und ich dachte: Ja! Aber: Seelenkrisen kann man im Kopf verstehen, ohne sie im Herzen zu spüren. Gestern habe ich Dein ganzes Leiden erfahren – und meines dazu! Julia hat es mich spüren lassen – und meine inneren Tränen konnte ich den anderen gegenüber nur hinter grober Oberflächlichkeit mühsam verbergen.

Das Ballett Romeo und Julia von Serge Prokofieff war nicht nur in einem festlichen Rahmen (Komische Oper in Ost-Berlin), sondern auch mit einer beängstigend-beeindruckenden Intensität getanzt. (Jutta Deutschland und Dieter Hülse waren die Hauptdarsteller.)

Du kennst natürlich die Geschichte mit dem tragischen Ausgang, zu dem uns der Verstand den Mut verbietet. Ich erlebte dieses Kennenlernen zweier Menschen, dieses Aneinander-Erblühen, dieses im kosmisch-magnetischen Sturm Aufeinander-Zugezogen-Sein so überstark durch die Sprachlosigkeit der Münder, eben durch die Aussagekraft der Gesten, der Mimik ... der Körper im Tanz! Dieses zartscheue Julia-Verhalten war ganz stimulierend für einen Romeo, der endlich dem Überschwang seiner Empfindungen ein sinnvolles Ziel geben konnte. Endlich! Im Empfangen gab Julia ihr Wesen, verströmte sich. Shakespeare läßt Julia zeitlos 1595 sprechen:

So grenzenlos ist meine Huld, die Liebe
so tief ja wie das Meer. Je mehr ich gebe,
je mehr auch hab ich: beides ist unendlich.

Auf der Suche nach der Umschreibung für das, was über das Getanzte auf der Bühne in mir wächst, bekommen diese Worte Wahrheitswert. Das ist es! Hilflos leide ich Ohnmacht, weil ohne Widerpart, ohne Empfänger, ohne Spiegel, ohne Echo ... Unendlich traurig-ernst, weil ich weiß, mir fehlt der Mut der Jugend, nochmal (nochmal?!) so zu lieben. Wir (Du, ich ... wer noch?) haben uns arrangiert. Aber da ist Dein (mein ... wessen noch?) Problem: der Wunsch nach tiefer, zwischenmenschlicher Du-Versenkung, nach Aufgabe des Ich im heiligen Wir, verliert sich in der alt-gewordenen Institution des vernünftigen Miteinander-Lebens, der Kindererziehung, der Pflicht ... Ich mag, mit Dir, diese ewig-junge Liebe, dieses stürmende Begehren und Alles-Aufgeben zugleich, romantisch verklärt belächeln ... aber in Dir scheint der unerfüllte Traum nach tieferlöstem Glück zu gären ...: „Ach, hätt' ich doch einen Hafen, mich zu verlieren ...!"

Im Tanz wurde mir abermals die Körperlichkeit der Liebe zwischen Menschen so bewußt. Wir lehnen das, verstandeserzogen, oft ab – schieben es in die Ecke der Wollust, der niedrigen Begehrlichkeiten. Nein! Zuallererst ist unser Körper ein Sinnesorgan, voll auf den anderen Menschen geöffnet: geben *und* empfangen. Verletzt oder vertrocknet werden wir zu einer einzigen Wunde. Der sehnsüchtige Wunsch nach Berührung, Berührtsein, Umarmung, Liebkosung, nach Getragen-Werden und gemeinsamem Tanz, Aufeinanderzu nach jedem Voneinanderweg ... gelingt uns im täglichen Einerlei nicht mehr. Unser Bemühen scheint ohne Echo zu bleiben. Kühl-kalter Dauerabstand wird vielleicht im zu raschen Vollzug einer eher seelenverletzenden Sexualität unterbrochen, nicht aber aufgehoben.

Im Ahnen um Romeos und Julias Liebe, weil wir dort alles hineinlegen, was wir uns wünschen und wozu wir uns – hätten wir nur den „richtigen" Partner – befähigt fühlen, erleiden wir unser Los als Schicksal. Was dem Ur-Liebespaar begegnete, ist tiefes Glück in der tragischen Begrenzung ihrer vermeintlichen Pflicht, an der sie zerbrachen – und starben. Du neue, moderne Julia, stell Dir vor, die damalige, romantische Julia wäre mit ihrem Romeo alt geworden! Drängt sich Dir wie mir das alte Paar Philemon und Baucis auf? (Ovid ließ seine Götter sie nach reichem Leben zu Bäumen werden: eine Eiche und eine Linde!) Ob jenes alte Liebespaar wie jenes junge war?

Ich weiß, wie es ist, einen andern Körper zu streicheln, wenn dieser ohne Antwort, ohne Bewegung, ohne Wärme bleibt. Der Leichnam zerbricht das Herz, zerstört die Seele, verwirrt den Geist des Liebenden: er stirbt oder er lebt – schlimmer noch – tot weiter, völlig vernarbt, erstarrt, erkaltet … oder eben „nur" völlig vernünftig.

Weites, warmes Seelenöffnen ist so selten – wir meinen es beim herbeigesehnten Geliebten (in welchem Alter immer) zu finden, weil wir's dort finden möchten … Und dann vielleicht auch vorübergehend finden. Aber damit entziehen wir dem so realistisch-gegenwärtigen Partner die Chance, zu sein, wie wir ihn wohl gern hätten. Was ist denn, wenn der Partner genauso das möchte (nur nicht weiß, daß er es will!), was wir uns wünschen – aber sich nur nicht öffnen kann!? Weil wir nicht den richtigen Schlüssel zum verklemmten Schloß finden, welches sich eben nicht nur durch Hoffnung oder gelebte Vorwürfe „entklemmen" läßt! „Nichtzufriedenheit mit dem Bestehenden stimuliert destruktive Streitsucht – und ist zugleich ein wichtiger Antrieb für schöpferische Leistungen, zu denen brave Zufriedenheit nicht fähig ist …" (Max Steenbeck).

Aber ich sagte, ich kenne, ahne, fühle Dein Problem. Allein über dieses Thema zu sprechen, läßt den Nebenmenschen in Deinem Leben Angst- und Kältestarre produzieren. Und da kann mir das mundtote Ballett gerade die richtigen Hinweise geben: schweigen und tun. Julia nimmt

Romeos Hände und führt sie voller Zartheit in die Wonnen für sie beide. Romeo trägt die Geliebte jubelnd im Kreis zu sich, und ich spürte förmlich das Sich-ineinander-Öffnen.

Zugegeben, bei Deiner Geschichte hast Du es unvergleichlich schwerer. Dein und sein Repertoire scheinen erschöpft, weil in der Vergangenheit natürlich auch zur Routine verkam, was Wollen und Wünschen erhoffte. Sei sicher, daß ich's kenne. Aber: wir können ein neues Leben beginnen, um das Älterwerden in der Liebe zu gewinnen. Keine Trauer, noch Haß, weder Verzweiflung oder Resignation dürfen uns niederdrücken! *Wir* müssen uns verändern wollen, weil wir uns verändern werden!

Wäre es in unsere Kultur üblicher, einander auch als Älter-Gewordene zu streicheln, massieren, zu fassen und führen, zu drücken und tragen ... hätten wir weniger Mißempfindungen, die munter aus der verhärteten Seele als funktionelle Störungen sprießen und zu Krankheiten werden können.

Julia, Kopfschmerzen, Verdauungs- oder Schlafstörungen, Verkrampfungen und „hängende Stimmungen" ... schwinden unter liebenden Händen, in den Armen eines liebenden Geliebten. Wir definieren uns gesund im glücklichen Erfolg; dort können wir (fast alle) Erschütterungen ertragen. Wie anfällig aber sind wir, wenn uns unsere wichtige Beziehung nicht zum guten Verstehen gelingen will! Sind „Ersatz-"Beziehungen möglich oder wünschenswert? Neben Romeo gibt es für Julia kein anderes Wesen mit vergleichbarer Anziehung. (Wie wäre es gewesen, wenn sie dann Kinder gehabt hätte!?) In der Konsequenz ihres wechselseitigen Erfassens, Begreifens, Anklammerns, Haltens, Tragens ... sind sie ohne den anderen glücks- und lebensunfähig; der Tod ist ihnen möglicher und annehmbarer als das entzweite Leben.

Bist Du entzweit? Kannst Du die kleine Wiedervereinigung versuchen? Wirst Du den „Traum-Romeo" in einen realistischen Partner gestalten können, mit dem der immerdauernde Prozeß des Miteinander-Bemühens um Lebensfreude an- und miteinander täglich, nächtlich, stündlich … Aufgabe ist? Ist nicht alles Externale Nebensache gegen das Verinnerlichen von Glück?! Jedes Jammern ohne Tun bleibt Zerstörung des Wohlseins. Jedes Tun außerhalb dieser zentralen Glücksbemühung (es sind Mühen!) bleibt verschobene, ja, vergeudete Energie.

Julia, neue, mir nahe, zerrissene, aufgewühlte, echte, alleingelassene, verletzte, schmerzvolle, sensible und großartige Julia, Du bist zu allem fähig! Und: zu denken, zu fühlen … wie schön etwas sein könnte, wenn es so wäre oder wenn man so fühlte, ist auch schon ein schönes Gefühl! (Oder ist das billiger Trost?). Du kannst immer jenseits allen Stumpfsinns leben.

Lieber Herr Ober-Studien-Direktor

Sie leiten die Schule, zu der ich meine Kinder schicke. Wir haben mehrfach miteinander kurze Gespräche gehabt, die Sie immer dann geschickt beendeten, wenn – Ihren Hausvorteil nutzend – die Sprache auf Mißstände kam. Mit diesen Zeilen möchte ich gegen meine Ohn-Macht anschreiben, um Ihnen aber auch die Möglichkeit der Reflexion zu geben. Ob aus diesem anderen Zugang ein Dialog wird? Ich wage es zu bezweifeln. Ob sich etwas ändern wird? Auch das bezweifle ich. Aber ich möchte den Versuch wagen, weil er mir (auch Ihnen?) mehr wert ist, als larmoyantes Elterngeklage. Und noch eine Bemerkung vorweg: Die hier geäußerte Kritik an Ihrem mir beobachtbaren Verhalten ist nicht eine solche an Ihrer Persönlichkeit. Auch Sie sind zu einigen Anteilen Gefangener Ihrer Rolle – und sind Vorgesetzter von Lebenszeitbeamten.

Meine Kinder gingen gern zur Schule. Die Lehrer (und auch wir Eltern) meinten, es wären begabte Kinder; sie sollten zum Gymnasium gehen. Also: Gymnasium. Neue Formen des Schulehaltens, eine Vielzahl von Fächern und Lehrern. Alles interessant ... anfangs. Dann kamen die Enttäuschungen gleich händeweise: mündliche Beteiligung zählt nicht, „Klassenlehrer wider Willen“ kümmert sich nicht um „Kümmernisse“, Konflikte innerhalb der Klasse werden nicht erkannt bzw. von Lehrern nicht bearbeitet. Es zählen bei Arbeiten („Tests“) erreichte Zensuren. In den „musischen Fächern“ (so sagte man früher) wird unkindgemäß theoretisch geredet. Erdkunde und Biologie „laufen“

(besser: „krabbeln"!) ohne weitere Medien am Lehrbuch entlang. Wissensprüfungen. Erbärmlich!

Elternabend. Wir stellen hier erstmals fest, daß andere Eltern auch so empfinden. Einem Gespräch entziehen Sie sich durch den Hinweis: „Sie müssen mir das schon konkret, schriftlich geben, was da bei wem genau vorgefallen sein soll!" So sollen wir unsere Kinder anstiften, Dossiers anzulegen?! Und wir spüren, daß Sie uns nicht glauben wollen. Ich ahne (und erfuhr es später als Gewißheit), daß Sie öfter solche unzufriedenen Eltern haben. Sie stellen sich weder vor Ihre Lehrer noch sagen Sie konkret Maßnahmen zu. Sie wollen uns (unsere Kinder!) einspannen, um „konkretes Material" an die Hand zu bekommen ... Wofür?

Nichts ändert sich. Unterricht fällt plötzlich aus „technischen Gründen" aus. Lehrer geben Klassenarbeiten, schludrig korrigiert, erst drei bis vier Wochen nach dem Schreiben zurück. Ohne Kommentare. Ein Schulwandertag wird ohne Freude seitens der Lehrer (wohl nicht aller) lustlos pflichterfüllt abgelaufen. Die Vorschläge einer „ungepflegten" Schülermitverantwortung (SMV) gehen unter – Frustration in Mitbestimmung. Wir hören, daß niemand in der Oberstufe mehr Klassensprecher werden möchte. Angeblich soll das Kollegium in mehrere sich bekämpfende Untergruppen zerfallen sein. Geht Sie das alles nichts an?

Wir melden, was unsere Kinder berichten: in den Toiletten wird von Siebt- und Achtklässlern und noch jüngeren geraucht, man wandert über zwei Verkehrsstraßen zum „Pausenbäcker", in den Umkleideräumen der Sporthalle wird Alkohol getrunken. Nichts geschieht. Sie wollen lediglich alles „belegt" haben. Sie glauben den Kindern nicht. Sind Sie Pädagoge? Daß Sie selber keine Kinder haben, wird Ihnen niemand vorhalten wollen. Aber etwas mehr Gespür für die Atmosphäre an „Ihrer" Schule, die nun auch „unsere" Schule (bei aller Bescheidenheit) werden sollte, wäre schon wünschenswert.

Bei den „Elternabenden" (Klassenpflegschafts-Abend) habe ich das Monieren aufgegeben: unsere Kinder bekommen die geäußerte Kritik „heimgezahlt“: Tränen, Schulverweigerung ... Die Kinder bitten die Eltern dringend, sich nicht mehr zu äußern. Gut. Oder nicht gut. Aber wir schweigen. Einige wenige Lehrer sind über dieses Schweigen enttäuscht – und werden der gleichen Resignation anheimfallen, die Sie uns vorleben. Sie haben nur noch etwa 15–18 Jahre bis zur Pensionierung ...! Fürchterlich, wenn es noch vielen Kindern so das Schulleben vergrault. Ihr Argument: „Tja, wenn Ihr Kind das hier an der Regelschule nicht durchsteht, müssen Sie es vielleicht in eine Privatschule stecken!“ – Das ist im Grunde eine Unverschämtheit! Wer ist hier eigentlich für wen da? Sie leisten Dienst für die Öffentlichkeit! Sie gestalten als Leiter einer öffentlichen Institution den Schulbetrieb. Das ist Ihre Aufgabe!

Ich erlebe ein „Schul-Beispiel“ für Demokratie an und in „Ihrem“ Gymnasium: Das Engagement wird nicht positiv gelohnt; das Ruhige und Bequeme ist die nivellierte Norm; die Verwaltung der Schulstunden ist das Gebot; die Menschen (hier Kinder und Jugendliche) in ihren Bedürfnissen sind uninteressant ...

Es gibt, ich sprach es kurz an, wenige Lehrer, die sich schülerbezogen einbringen; Theater spielen, musizieren, Wanderungen bzw. „Schul“-Austausch mit ausländischen Klassen pflegen – wie sie berichten, erfahren sie dabei keine wirklich wohlmeinende Unterstützung ihres Chefs ... Diese aktiven Lehrer möchten gern die Schule verlassen – wenn sie etwas Adäquates fänden ... Ihnen wäre das egal?

Weitere Detail-Vorkommnisse wären noch hinzufügbar. Aber wozu? Lassen Sie mich den Versuch wagen, Ihnen in Ihre Kompetenz hinein Vorschläge zu unterbreiten. Vielleicht werden Sie nur milde lächelnd den Brief zur Seite legen – und ein „besseres Auge“ auf meine Kinder haben? Ich zögere, ob ich das riskieren soll!

Aus meiner Sicht sind mehrere Dinge durchaus „machbar“:

– Pädagogische Konferenzen könnten/sollten Maßnahmen erarbeiten, wie die Schulordnung besser kontrolliert werden kann.

- Es sollte etwas Entscheidendes zur „Klimaverbesserung“ getan werden! (Vergleichen Sie sich doch mit einem Betrieb mit gut 1000 „Beschäftigten“. Die Organisations-Psychologie zeigt Wege der „Organisations-Entwicklung“ auf, um Produktivität *und* Zufriedenheit zu erhöhen!) Besuchen Sie evtl. „Manager-Kurse“, um Techniken der „Menschenführung“ besser zu beherrschen (sicherlich bei Beamten kein leichtes „Spiel“ ...!); denn Sie sind ein Laie auf diesem Gebiet!
- Geben Sie der SMV und den Lehrern eine echte Chance (u. a. Freiräume), um Demokratie einzuüben. Das Gymnasium ist ebenfalls ein durchaus repräsentatives Ebenbild dieser Gesellschaft. Hier sollen persönliche Modelle Menschen formen, die erst in Verantwortung hineinwachsen. Sie und Ihre Kollegen (nicht „nachgeordnete Mitarbeiter“!!) sind in erster Linie Vorbilder – erst in zweiter Linie Physik- oder Deutsch- ... lehrer!
- Tun Sie alles, um Schülern Freude an der Schulzeit zu ermöglichen, *ohne* daß Sie dabei den Leistungsaspekt aufgeben müßten. Erkennen Sie, *was* Schülern Spaß macht! Junge Menschen wollen lernen! Aber sie wollen auch motiviert werden.
- Versuchen Sie bitte, Schule so zu organisieren, daß nicht ständig Lehrer ausgetauscht werden und die Schüler sich wieder (zu oft!) neu eingewöhnen müssen. (Einige Fach-Lehrer geben sich auch gar keine Mühe, die Namen der Schüler zu kennen!) Machen Sie Schule zur Stätte personaler Begegnung; vermitteln Sie mit Ihren Kollegen den angemessenen Umgang der Generation miteinander.
- Vielleicht sollten Sie auch mehr den Gedankenaustausch mit engagierten Eltern suchen. Auch Lehrer können lernen von Menschen anderer Berufe. Wenn Sie stets den Eindruck – süffisant lächelnd – vermitteln, daß wir doch alle keine Ahnung haben, ist das einer Zusammenarbeit wahrlich nicht dienlich.

Wenn ich bisher Geschriebenes überlese, spüre ich, wie sehr Sie das wohl alles werden ablehnen müssen, damit Ihr Selbstwertgefühl nicht zerstört wird. Und ich stelle mir die Frage, inwiefern solche Gedanken eigentlich etwas Positives bewirken können. Sollte ich dieses Schreiben per Durchschlag an Ihre vorgesetzte Dienststelle senden? Sollte ich es zur Unterschriftensammlung an andere Eltern geben? Ist es besser, es sogleich wieder zu vernichten? Sollte ich es, zum „Schutz" meiner Kinder, anonym absenden? ... Fragen, die meine Unsicherheit hinsichtlich der Wirkungen bekunden. Die Fragezeichen stehen nicht für die inhaltlichen Aussagen!

Ich werde diesen Brief ein oder zwei Tage liegenlassen, um dann zu entscheiden ...

Trotz allem mit freundlichem Gruß

Lieber, nicht verehrter „Bruder Menschen-Doktor“ …

Seinem Hausarzt einen Brief zu schreiben, läßt doch schon gleich zu Anfang „unheimliche Ahnungen“ zu. Keine Sorge – ich werde nicht außerhalb der abrechnungsfähigen Modalitäten einen medizinischen Rat beanspruchen … Oder anders: Doch Sorge – ich werde etwas weit außerhalb Ihres Medizinverständnisses ansprechen wollen; nämlich unser Arzt-Patient-Verhältnis, unsere Mensch-Mensch-Beziehung. Das ist mehr mein Spezialgebiet – und vielleicht können Sie mich in *meinen* Gedanken ein Stück weit begleiten. Aber mit Sicherheit werden Sie von einem bestimmten Punkt an „blockieren“, ja, ärgerlich werden.

Wollten Sie sich Ihre Seelen-Ruhe und Schein-Souveränität erhalten, dann riskieren Sie nicht gedanklich Ihre Lebens-Sicherheit: lesen Sie nicht weiter! Oder: denken Sie einfach (wenn Sie doch weiterlesen) den Briefschreiber, dessen medizinischen Werte Sie alle auf einer Ihrer Karteikarten haben, in die Nähe eines psychiatrischen Falls. Vielleicht darf ich Ihnen mit einer angebotenen Diagnose dabei hilfreich sein: … nein, doch nicht gleich jetzt. Vielleicht erst später.

Was will ich sagen? Als erstes möchte ich sagen, daß es mir schwerfällt, solche im Kopf vorhandenen Gedanken zu Papier zu bringen – oder sie gar abzusenden. Denn: *nach* diesen Worten ist unser Verhältnis nicht mehr wie es war. Und Sie werden entweder Ihren Patienten (der sich eigentlich guter Gesundheit erfreut) anders sehen – oder ich werde einen anderen Hausarzt haben.

Also; um das Hauptanliegen gleich vorwegzunehmen: ich fühle mich bei Ihnen nicht wohl, weil ich Ihrer Art, Ihnen Wichtiges zu definieren, so fremd gegenüberstehe.

Uns beiden ist etwas gemeinsam: meine Gesundheit. Ich möchte sie, weil sie das Fundament meines Wohlseins ist. Und Sie? Sie möchten mein gesundes(?), regelmäßiges Kommen. Sie möchten, daß ich auf Sie höre, Ihre Ratschläge befolge, Ihren „Anordnungen" nachkomme. Vor allem aber spüre ich, daß Sie mich als quantitative Größe Ihrer Abrechnung wünschen.

Ich komme in Ihre Praxis. Durch gemeinsame Freunde erleben wir eine Art Verbundenheit – und wir (meine Familie) wechselten zu Ihnen, weil wir glaubten, daß da ein neuer, jüngerer Arzt gute Arbeit leisten wird. Aber: man kommt in Ihre neue Praxis – und ist erst einmal „erschlagen" von dem „gediegenen Luxus" der Räume: Graphiken, Edelhölzer, Kunstgegenstände, Apparate, Nebenräume, Ausstattungsdetails. Mehrere Räume und Räumchen. Schwere Sessel – sogar für den Patienten vor dem riesigen Schreibtisch! (Dabei benötigen Ärzte m. E. neben ihren Röntgenschirmen nur Schreibflächen von der Größe einer Karteikarte oder eines Rezeptblocks!) Im Bücherbord gesammelte (wann eigentlich?) wissenschaftliche Werke – gebunden. Der Blick geht durch wunderschöne Gardinen (solche hätte ich gern zu Hause!) in eine gartenarchitektonisch gestaltete Anlage. Frische Blumen auf dem Tresen, hinter dem zwei, manchmal drei weißbekittelte Jungschminkfräuleins nett vertröstend lächeln und am Tastentelefon lügen. Blumengestecke auf der Flurgarderobe. Ja, hier merkt man: der Kunde soll sich geliebt fühlen.

Zwei Wartezimmer und Wartenischen. Zeitschriften und Lesehefte „gesunder Provenienz" ermuntern, Wartezeiten lernend zu füllen.

Und dann kommt er – nein wirbelt er: der Doktor! Mit offenem Kittel, Bognerhosen, gewinnend lächelnd, hektisch eilend, Karten im Arm, nach hinten redend, nach vorne schauend ... Ein ungeheuer beschäftigter Mann; der sich *trotzdem* die Zeit nimmt, sich irgendwann auch einmal des Patienten anzunehmen. Ich muß dann immer das Gefühl großer Dankbarkeit haben – und ich freue mich nach längerer Wartezeit, wenn ich vorgeführt werde ins Zimmer des Doktors, der auf der Karte rasch nach- oder vorliest, was denn das letzte Mal war, was „man“ verordnete ... um es dann so vorzutragen, als hätte man sich als Arzt seitdem mit nichts anderem beschäftigt! Rasch wird zwischendrin ein Telefonat erledigt: draußen müssen Sie blitzschnell („es geht ganz rasch!“) einem ungeduldigen guten Kunden eine Auskunft geben.

Ich habe bereits mein Hemd abgelegt und warte etwas frierend. Eine Sprechstundenhilfe bringt Karten, grüßt wissend souverän, lächelt wohl über meine geöffnete Hose, die ich noch nicht abgelegt habe. Ich sehe auch hier eine beachtenswerte Standuhr, teures „Spielzeug“ aus „Schöner Wohnen“ ... Sicherlich ist diese Praxis von einem Innenarchitekten eingerichtet worden – was wohl allein der Lederpapierkorb kosten mag?! Gedankenspiele ... Zahle *ich* das nicht alles? Oder meine Kasse?

Solche Phantasien sind hier schnell zerstört, denn: lächelnd, gehetzt, sich zur aufgesetzten Ruhe zwingend, fegten Sie wieder hinein: Blick auf die Karteikarte. „Ach ja, ... also, legen Sie sich doch bitte mal dorthin – na, Sie wissen ja schon ...“ Eigentlich wollte ich noch etwas sagen – aber Sie fragen: „Tut das hier weh?“ – „Husten Sie mal ... Hhm ... atmen Sie mal bitte ganz langsam ... Waren Sie schon Skifahren?... Nochmal hecheln bitte ... Nein, da ist alles in Ordnung! – Was werden Sie denn diesmal im Urlaub machen?... Hat denn neulich unser(!) Medikament geholfen ... ?“ Fragmente eines Eilzug-Menschen? Ich wage es kaum, Sie aufzuhalten. Fürsorge heißt bei Ihnen, daß Sie mir wohl mehr apparative Zuwendung zukommen lassen als anderen. In der Zwischenzeit haben Sie schon wieder zwei oder zweieinhalb Patienten verarztet, vier oder fünf Rezepte unterschrieben ...

Sie klagen, pausenlos im Einsatz zu sein, nicht mehr Literatur lesen zu können, im letzten Sinfonie-Konzert (wo wir uns sahen) fast vor Erschöpfung eingeschlafen zu sein, „obwohl es ja wirklich wieder ganz großartig war!“ Sie beneiden mich, daß ich so am hellichten Tage sogar zum Arzt gehen könnte ... „Meine Bronchitis werde ich wohl gar nicht mehr los ... was soll ich machen ... neulich war ich sogar ein paar Tage mit Fieber in der Praxis.“ Sie armer Mann!

Wir erleben Sympathie füreinander, respektieren irgendwie wechselseitig Kompetenz – und Sie laden uns ’mal zu sich ein – und ich sage neugierig zu.

Ein neues Haus. Am Hang. Große Wagen an den Vorgärten-Garagen. Die Zweit- (und Dritt-)Wagen stehen unter den Laternen. Blumengestecke. („Mein Gott“, denke ich, „ist unser Sträußchen des Anstandes nicht unanständig klein?!“) Verschiedene Ebenen des Wohnens. Keine Kinder. Die schweren Teppichböden schlucken Lärm. Eine Alarmanlage („Die hat neulich sogar eine blöde! Spinne ausgelöst!) soll Werte schützen. Alte Schränke, orientalische Brücken, Marmortische, Ledersessel, Großstauden in Hydro-Töpfen! Größe! Am Kamin eine „Vorerst-Sitzecke“ – ein Sherry oder Cognac oder ... Kunst an den Wänden, edle Gläser auf wertvollen Tabletts. Der Hausherr (natürlich ohne Kittel) leger und freundschaftlich. Man hat gleich mehrere Gäste eingeladen („Tja, es muß sich ja schließlich lohnen!“) Trotz aller Ungehemmtheit beschleichen mich Kleinheitsgefühle. Dieser großartige Blick von der (beheizbaren) Terrasse über die alte Stadt; diese Bananenstauden und Riesenkakteen (ich habe zu Hause eine Sammlung relativ kleiner Stachelfreunde und die pflege ich schon seit Jahren!), dann das kalte Buffet des ersten Delikateßgeschäfts am Platze ... komme ich mir „klein“ vor? Ist es Neid? Ist es Unsicherheit? – Nein, es ist (auch!) Ärger, Erstaunen, Verwunderung! Auch hier wirbeln Sie als liebenswerter Leibumsorger in die Küche, holen den sehr gut temperierten Wein aus dem Extra-Kühlschrank, schenken nach, legen Platten auf, scherzen hier, belehren dort, sind überall ... („Hauptsache, Ihnen mangelt's an nichts!")

Ihre liebe Frau ist Staffage Ihres So-Seins. Sie sieht blendend hergerichtet aus – Sie haben beide kaum Kontakt miteinander – Sie kümmern sich aufopfernd!

Die Gespräche gehen um Geldanlagen, Abrechnungs-Modalitäten, günstige Erwerbungen, großartige Urlaube ... Sie berichten von Ärzte-Kollegen, die sogar im Souterrain ein Schwimmbad haben, diskutieren die Vorteile oder Nachteile, selber ein Pferd zu haben oder nur eines zu mieten ... stöhnen über die Liegekosten Ihres Segelbootes ...

Sie möchten nachschenken, obwohl ich (des Autofahrens wegen) nicht möchte; rauchen eine leichte Havanna nach der anderen und essen viel! Mir wird schwindelig – und ich werde immer ruhiger. „Geht's Ihnen nicht gut? Wollen Sie ... ?!" Nein, nein. Ich möchte gehen. – „Also, es war nett, daß Sie da waren ... das müssen wir 'mal wieder machen ..."

Tage noch, nein Wochen, beschäftigt mich dieses, Ihr schnelles, oberflächliches Leben. Soll ich mich Ihnen weiterhin anvertrauen? Ich spüre Abwehr.

Ich ahne, daß dieser relativ junge, sympathische Arzt mit seiner liebenswerten Frau ein „Schnellgebrüteter" ist. Ich nenne solche Menschen so, die sich auf Grund ihrer wohl immer überdurchschnittlichen Intelligenz, ihrer hervorragenden Umfeld-Anpassungs-Leistungen, ihrer hohen Willensstoßkraft und ihrer enormen Vitalität durchgesetzt haben. Ich finde sie bei Gewerkschafts- und Parteifunktionären, ich erlebe diese Musterbeispiele an Fleiß und Disziplin in Behörden und Institutionen. Ihre hervorragende Ausbildung ist oft schon von den Eltern vorprogrammiert worden ...

Aber: Sie/sie sind über alle Tüchtigkeit personal retardiert oder zurückgeblieben. Kritik an ihrer Person erscheint ihnen tödlich, Gelassenheit wird vorgegeben, aber höchste Spannung gelebt. Gerechtigkeit und Menschenliebe wird gepredigt – aber nur oder vor allem für sich selber in Anspruch genommen! Das Wohl des Patienten / des Kunden / des Mitarbeiters ... wird propagiert – aber nur, um selber daraus optimalen Gewinn zu ziehen. Es ist so wie bei Treibhaus-Edelnelken: sie sehen phantastisch aus, sind drahtverstärkt, damit der große Kopf nicht vorzeitig umknickt, duften nach nichts und verblühen daheim kurz nach dem Kauf! Nichts ist gereift, keiner „bösen" Witterung kann widerstanden werden! Im künstlichen Raum systemstabilisierender Abhängigkeiten und Höflichkeiten wird die schwache Blässe des profitablen Talents gepflegt. Farbe, Fülle, Tiefe, Reife ... geben (sollen geben!) gekaufte Schätze, edles Beiwerk, schmückendes Zubehör, zu dem ich mich nicht degradieren lasse. Das Haben kaschiert fehlendes Sein!

Ihre Persönlichkeitswerdung ist pubertär! Ihre Wichtigkeiten sind nicht gesunde Patienten! Ihre Nettigkeit scheint Sorge um den Erhalt Ihrer Krankenschein-Lieferer zu sein. Ihre Für-Sorge wird Sorge für sich, für Ihren Wohl-Stand. („Sie glauben gar nicht, *wie* unendlich teuer solch eine Praxis ist!") – Doch, ich glaube es – nur würde ich nicht glauben, daß man unter solchen Geldsorgen, Seelenqualen und Leistungsanforderungen auch noch ein großes alarmanlagengesichertes Marmor-Repräsentations-Haus für zwei Personen bauen muß – die dann auch noch kaum zu Hause sein können, weil sie eben soviel arbeiten müssen! – Die „ärmeren", glaubwürdigeren Mediziner beteiligen sich auch verstärkt am Wochenenddienst ... Aber Sie? ... Ich glaube auch nicht, daß Medizin in solchen Bilderbuch-Praxen besser ist als in not-wendigen Räumen!

Ja, Sie *stehen* wohl im Wohlstand. Ich lebe in der Weite meiner Interessen und setze andere Wichtigkeiten. Wie können wir da noch zusammenkommen? Oder wollen, müssen's wir denn überhaupt? Es wäre sehr einfach, würden Sie mich milde sehen, mir (siehe vorne) eine Diagnose, wie z. B. „Senkung des Persönlichkeitsniveaus" oder „erhöhte Aktivität als Symptom des manischen Syndroms" ... verpassen – und „die Sache" wäre erledigt.

Aber ich hoffe, diese Gedanken haben doch etwas in Ihnen bewegt; haben vielleicht bei dem einen oder anderen Punkt Nachdenklichkeit bewirkt. Aufzeigen, was nicht gefällt, ist nur ein Aspekt einer Beziehungskorrektur. Ich meine, ich sollte, wegen unserer (zumindest vorhin noch wechselseitig vorhandenen) Sympathie für einander, auf der Basis bestehender Realitäten, Anregungen geben. Fassen Sie das bitte nicht nur als schulmeisterliche, lebenskluge Belehrungen auf: aber sie sind zum Teil auch solche …

– Werden Sie innerlich wie äußerlich ruhiger! Lernen Sie dazu nicht noch schnell eine Entspannungstechnik, sondern gewinnen Sie mehr Zeit, indem Sie weniger (Patienten, Gäste …) in Ihren Tageslauf „verarzten" wollen. Das heißt konkret sicherlich, daß Sie Ihre Ansprüche verändern müssen. Es wären in der Tat einige 100-DM-Scheine weniger pro Tag. (Lächeln Sie jetzt? Sind Sie eher aggressiv-ärgerlich?) Zur inneren Ruhe gehört ein höheres Maß an Gelassenheit – das kann auch ein „Neben"-Effekt von mehr Zeit-Haben sein. Gelassenheit heißt aber vor allem wohl auch, andere(s) lassen zu können, wie es ist. Widerspricht das auch letztlich ärztlich-praktischem Denken, wäre diese Denkungsart – ins Private gezogen – anmaßend, rechthaberisch, autoritär. Der hektische Mensch ist in meinen Augen auch immer ein unduldsamer Mensch, der nicht dulden kann, daß etwas anders ist, als es in seinen Vorstellungen sein sollte.

– Werden Sie bescheidener! Aus Ihnen strahlt etwas empor, was nach gekränkter oder verwöhnter Kindheit „schmeckt". Wahrscheinlich waren Sie weniger verwöhnt, weil Sie so recht „ranklotzen" können, weil Sie – trotz hoher Schulden – sich so sehr mit edlem Tand umgeben. Nein, es ist wohl der „Emporgekommenen-Wohlstand", der Sie so „raffig", so habenssüchtig macht. Sich nun endlich, nach den langen Schüler- und Studentenjahren, nach der anpassungsnötigen Assistentenzeit etwas leisten zu können, versöhnt Sie mit der Vergangenheit. Ihre Gegenwart wird von der Zukunft getragen – nicht aus Geleistetem genährt. Aber

– zugegeben – Sie haben sich der Leistung verschrieben. Bescheidenheit hat etwas mit *scheiden,* mit trennen zu tun. In der Bescheidenheit liegt eine einsichtsvolle Klugheit, Wichtigkeiten zu rangordnen. (Gebe ich Ihnen hier „Bescheid“?! Ja. Ich mahne Sie zur Besonnenheit.)

Es paßt nicht zusammen, wie Sie im Reichtum klagen, wie Sie in der Jugend und Fülle den Lebenserfahrenen, den Menschenkenner herauszustellen trachten.

– Werden Sie selbständiger! Ich empfinde Ihr Gehabe fremdgesteuert, orientiert an einem „Ärzte-Bild“, was nur merkantilistisch, nicht aber vorwiegend altruistisch akzentuiert ist. Sie leben wie in Ausstatter-Bilderbüchern. Ihr Ärzte-Verlag organisiert Ihre Kurzurlaube mit pharmagesponserten Abschreibungsfortbildungen. Sie speisen, wo „man“ speist. Sie golfen. Beim Tennis läuft Ihnen schon zu viel „Volk“ herum. In dieser Kleinstadt dazuzugehören heißt, zu tun (und zu lassen), was „man“ halt tut. Sie kaufen Modellhosen, Ihre Frau trägt Auslands-Garderobe. Das Besondere … es war schon immer etwas teurer … Haben Sie ’mal darüber nachgedacht, ob nicht jene, die das Besondere so sichtbar heraushängen, es nötig haben könnten? Denn sie sind vielleicht nur menschliches Untermittelmaß?!

– Werden Sie ehrlicher! Ihre ewig-angestrengte Höflichkeit ist Maske. Ihr Zugewandtsein ist Show. Ihre Sicherheit in Diagnose und Therapie ist vorgegeben. Ihr Interesse ist geheuchelt. Sie benötigen Menschen als Staffage (selbst Ihre Frau schmückt Sie vor allem!), nicht als Gesprächs-Partner. Ihre „Opfer“ sollen Ihren Großmut, Ihre Großzügigkeit, Ihre (Schein-) Toleranz – kurz: Ihre Großartigkeit bewundern. Menschen sind die Bühne für Ihren Auftritt, wertvolle Dinge stellen die Kulisse dar. Alles wird durch Sie zum Ding! Sie kaufen Zuneigung durch Gunsterteilung (schöne Termine freihalten, Hustensaft verschenken …) Die Summe Ihrer Rollenpotenz macht es kaum nötig, daß Sie wirklich, echt, freundschaftlich – aber eben auch bemühend, aufopfernd, liebend – sein müssen. Aber Sie verlieren dabei. Vor allem echte Freunde.

– Werden Sie sie selber! Die Summe Ihrer Talente fordert förmlich dazu heraus, in sich zu gehen, das Ihnen Gemäße wieder herauszustellen. Sie musizierten, wanderten, schwammen. Alles unterbleibt heute, sagen Sie, weil Ihnen die Zeit fehlt. Das ist falsch. Zeit haben Sie wie alle – nur füllen Sie sie mit anderen Wertigkeiten. Zeitprobleme sind Wichtigkeitsprobleme! Erkennen Sie Ihre wahren Bedürfnisse – und seien Sie ein Modell! Dann sind Sie auch wieder glaubwürdiger und echter. Mit Sicherheit begänne dann mein Vertrauen wieder zu wachsen.

Lieber „Kollege-Arzt", als Mitmensch sind Sie mir bedeutsam. Diese Gedanken schreibe ich nicht nieder, um mir einen möglichen Kropf zu leeren, sondern weil ich mein Verhältnis zu Ihnen klären möchte. Auch weil ich eine Verantwortung fühle. Und weil ich mit Ihnen in eine gemeinsame Zukunft zu gehen hoffe. Es sich nicht leicht zu machen, kann auch ein Aspekt von Freundschaft sein …

Mit herzlichem Gruß

Schwesterherz,

um es vorwegzunehmen: wir waren seit langer Zeit mal wieder bei Euch – und es wird lange dauern, bis wir mal wieder bei Euch sein werden! Es war anstrengend, teilweise kränkend, zu jeder Minute belastend.

Auch dieses will ich vorwegsagen: ich bin nicht der Meinung, daß es mir zustünde, Euch in Eurer Lebensweise zu belehren. Alles was hier nach Kritik klingt, stellt eigentlich mein Befremden dar – und es soll Dir, Du meine Schwester, die ich doch irgendwie sehr mag, – erklären, warum es mir so schwerfällt, Eurer so oft geäußerten Einladung, Euch zu besuchen, nicht folgen kann bzw. will. Diese Zeilen sollen mein Schweigen brechen oder meine scheinbare Unhöflichkeit erklären …

Wenn wir bei Euch sind, erleben wir Chaos. Alles ist hektisch, eher unordentlich, „gerade heute“ so unaufgeräumt, weil … (Und es folgen mindestens 13 plausible Erklärungen!). In allem, was Ihr uns zumutet, spüren wir, daß wir Partei ergreifen sollen. Jeder von Euch Dreien möchte, daß wir eben für ihn votieren, seine Sicht verstehen und billigen, um dem anderen endlich ’mal die Meinung zu sagen … Trotz unserer relativ seltenen Zusammenkünfte macht Ihr uns zu eingeweihten Vertrauten … ja, wir werden sogar zu „Unpersonen“, denen gegenüber man Streit, Schuldzuweisungen, Vorwürfe und das Zitieren von „Sündenregistern“ aus der Vergangenheit zeigen kann. So sehr uns das mögliche „Vertrauen“ ehrt, so sehr belastet es unsere Zusammenkünfte, wenn wir als „Schiedsrichter“ geladen sind …

Dein Mann ist aus einem technischen Beruf – und Ihr betet, wenn Deine Schwiegermutter (wie bei unserem letzten Treffen!) dabei ist, bei Tisch zum Essen. Aber danach streitet Ihr Euch, schimpft über die „Ausländerplage", das „Asylantengesocks" und die „Haschbrüder" in der Innenstadt. Ihr wertet abfällig über abwesende Familienmitglieder, um letztlich immer wieder darauf zurückzukommen, daß Ihr es eigentlich am besten macht. In Eurer tiefen Unzufriedenheit über Euer Leben signalisiert Ihr uns aber zugleich Neid bzw. sogar Haß gegenüber anderen aus der „Großfamilie". (Könnt Ihr Euch nicht vorstellen, wie wir ahnen, daß Ihr über uns sprecht, wenn wir die Tür bei Euch geschlossen haben?!)

Neid kennzeichnet noch eher als Intoleranz Eure Grundhaltung. Alle anderen Menschen scheinen Euch gegenüber völlig zu Unrecht Glück gehabt zu haben. Es war niemandes Verdienst, daß sie es irgendwie weitergebracht haben als Ihr. Schwesterchen, Dein Tennisspielen ist Symptom. Als Du gegen meine „unsportliche", eher ruhige Frau verlorst, lag es an Deiner im Moment so schlechten Verfassung, an der schlechteren Seite, an ... weiß der Himmel was ... Auch in unserem Mixed gingt Ihr mit Pauken und Trompeten ein – aber nicht, weil wir möglicherweise gut waren, sondern weil Ihr ... Vor allem, weil Ihr Euch in die Haare gerietet! – Und, ich schäme mich, es zugeben zu müssen: wir hatten es darauf angelegt!

Euer Sohn erlaubt sich alles. Er ist zwar recht intelligent – frech, verwöhnt und hat Euch „fest im Griff" ... Merkt Ihr denn gar nicht, wie er Euer „Über-Alles-Motiv", nämlich: der Junge soll Abitur machen (was Ihr beide ja nicht schafftet!) schamlos benutzt, um clever Forderungen zu stellen?! Jede nur mögliche (Schul-)Leistungseinbuße quittiert Ihr mit „Sonderzuwendungen", wenn's doch nicht schlimmer wird! Sein vollelektronisches „Schlaf-Studio", seine Hobbies sind m. E. ein beredtes Zeugnis für *sein* Talent, Euch zu erpressen!

Wie, Schwesterherz, erlebst Du Deine Ehe? Ich kann mir

nicht denken, daß Du nach solchen Auseinandersetzungen noch mit „diesem Kerl da“ (Dein Zitat!) ein gemeinsames Schlafzimmer teilst! Oder seid Ihr – was ich fast glaube, verroht?! Senkt – was ich bei Euch befürchte! – zunehmend Alkohol Eure Hemmschwelle „normal zu sein“?! Gewinnt möglicherweise Eure Angst, allein zu sein, Überhand über die Angst, Euch wechselseitig zu verletzen?! Eure fast bösartigen Kränkungen sind uns so fremd, daß es mir schwerfällt anzunehmen, daß da noch Liebe zwischen Euch ist. Ist Euer Motto: „Genieß den Krach, die Ruhe ist fürchterlich?“ –

Ihr stellt einander nach, mißtraut Euch, blamiert Euch wechselseitig (vor uns; vor wem noch?!), bezieht Euren Sohn voll mit ein in dieses Trauerspiel von Ent-Würdigung, daß mir psychisch wie physisch schlecht wird. Ich beobachte nichts Liebes zwischen Euch. Nirgendwo entdecke ich Achtung. Und, vielleicht am schlimmsten, ich erlebe am wenigsten irgendwo Selbstachtung. Zwar erleben wir egozentrische Sicht- und Erlebensweisen, aber nirgendwo wirklich dieses Glücksgefühl, etwas geschafft zu haben.

Jeder scheint seine Position abzustecken. Wer woanders steht, ist dämlich, hat keine Ahnung und bedarf der „wirklichen Konfrontation mit der Wirklichkeit“ ... Ihr habt alle Weisheiten – jeder für sich – gepachtet. Als Jüngerem meinst Du immer noch, mir Maßnahmen mitgeben zu müssen. Merkst Du denn nicht und nie, in welch lächerliche Position Du Dich manövrierst?! Ist denn schon alles so schlimm verloren, daß Du scheinbar zu retten vorgibst, was gar nicht mehr da ist? Glaubst Du, in Deinem ekelgierigen Angriff auf jene, die ein Ziel nicht erreichten, Dich zu erhöhen in Deinem Elend, in Deinem eigenen Versagen?!

Es tut mir weh, so zu schreiben, weil es Dich verletzen wird. Möglicherweise ist unsere „brüchig-seltene“ Beziehung dann kaputt? Oder reiße ich eine Fassade ein, die Du vorgibst, um das kleine Jammermädchen dahinter zu verstecken? Nein, ich möchte keine Macht, keine Zerstörung – ich möchte eigentlich nicht mal recht haben! Du fragst mich immer wieder, warum wir so selten kommen – ist es Dir jetzt klarer? Ich wollte Klarheit – und weiß, daß das wehtut.

Aber gibt es denn ohne Schmerzen seelisches Wachstum? Gelingt uns ohne Offenheit Herzlichkeit? Ich kann und will nicht mehr an Eurem unfreundlichen Tisch höflich sein müssen! Wir wollen nicht mehr feige Ausreden präparieren – und unehrlich sein! Aber ich möchte auch nicht, daß unsere schwachen Bande nun endgültig zerreißen.

Natürlich habe ich mir überlegt, wer Euch helfen könnte – wenn (und das scheint mir die größte Schwierigkeit zu sein!), wenn Ihr wollt! Seht Ihr überhaupt Eure Beziehung in Ansätzen so, wie ich sie beschreibe? Ich beobachte nur ein Teil – aber nach meinen Vermutungen schlummern unter dem Miterlebbaren Geschwüre, die seit Eurem Kennenlernen nie wirklich abheilten. Ich ahne Deine tiefe Lebensenttäuschung; ich kenne Deinen Hang zum „Dramatisieren“, Deine Neigung, stark sein zu wollen, wo Du in Wirklichkeit klein und sehr verletzlich bist.

Wie ehrlich, Schwesterherz, kannst Du oder darfst Du noch mit Dir selber sein, wenn Du allein bist? Kannst Du mir diesen Brief „verzeihen“? Merkst Du – bitte tu es! – daß ich mich nicht zum Richter oder zum Ankläger machen möchte? (Es wird Dir vermutlich schwerfallen – und ich könnte es verstehen.) Ich möchte Dein Bruder sein, weil Du meine Schwester bist …

Wie immer: ich umarme Dich …

Vater,

Du liegst nebenan und stirbst. Ich kann Dich nicht mehr erreichen. Ich bin ohnmächtig und verzweifelt. Der tiefe Schmerz wurde mir in diesen Tagen erst deutlich. Es ist nicht Schmerz darüber, daß Du gehst – das war Dir und uns seit längerem klar. Es ist ein unerträglich erscheinendes Leid darüber, daß es mir nicht gelang, mich Dir in meinem Tun und Lassen begreifbar zu machen.

Einen lieben Menschen sterben zu erleben, ist schlimm. Es ist bitter, mit dem Gefühl zurückzubleiben, daß ein Verstehen nicht mehr möglich wurde. War es Arroganz bei mir oder mißmutige Verstimmung bei Dir, die uns nur noch einen kleinen Pfad von notwendigster, eher technischer Verständigung offenhielt? Der Lebensstrom des Verstehens war längst versiegt. Und ich habe mich spät, zu spät, wie ich nun weiß, bemüht, meine Tochter-Vater-Beziehung neu zu gestalten … Zu spät! Ein so unglaublich hartes Wort von unkorrigierbarer Konsequenz. Wohl war uns beiden nicht – sicherlich schon seit Jahren nicht mehr.

Nebenan stirbt für mich nicht der ehemalige Gemeindepfarrer, nicht der vielfach geehrte Mitbürger, nicht der „alte Mann mit den Büchern“ … für mich stirbt mit dem Vater die letzte Chance, mich ihm mitzuteilen, ihm verstehbar zu machen. Du gehst. Es wird sich mir tief in meine Seele eingraben, daß unser letztes, bewußtes wechselseitiges Erleben vorhin (ob es bei Dir noch alles bewußt war?) nicht gekennzeichnet war von Milde, von Güte oder von Weite … Dein Mund blieb streng und meine Haltung blieb hart. Unsere Chancen sind verspielt.

Für mich fing es mit Deiner Ungeheuerlichkeit (seit damals war mir mein Vater-Pfarrer ein Ungeheuer an Intoleranz) an, mir verbieten zu wollen, „diesen Mann" (das Wort Josip – obgleich es doch Josef bedeutet – wolltest Du nicht mehr in den Mund nehmen!) zu heiraten. Du wehrtest Dich mit allen (allen!) Kräften dagegen. – Und später wolltest Du die Enkel nicht sehen, kamst brieflich und verletzend Deiner Pflicht nach.

Als Du erfuhrst, daß ich in „dieser linken Partei" mitarbeitete, sowohl in Wort als auch Tat mich kritisch, alternativ betätigte, riß das Familienband. Ein Faden blieb. Geburtstags-Grüße. Getrieben von Schuldgefühlen mühte ich mich in Traktaten um die Beilegung Deines Chagrins. Ich blieb ohne Antwort. Unsere Mutter starb. Du wurdest härter nach innen – obwohl Du nach außen so sehr geachtet warst. Du hast nicht annehmen können, was ich Dir anbot: das Gespräch, den Briefwechsel, meine Hand.

Meine nach innen geweinten Tränen um den Verlust des Vaters längst vor heute, hast Du nicht mitbekommen. „Es gibt Leid in dieser Welt – einen Grund dafür und einen Weg zu seiner Überwindung" – so zitiertest Du in einer frühen Predigt das Wort der Weisen. Ich habe für das Leiden zwischen uns den Grund, wie ich meine, erkannt – aber nie den Weg. Ich hoffte ihn durch mein Herkommen zu finden. Ich hoffte so sehr, daß wir unsere Leben ein Stück weit – nun endlich – würden nebeneinander herfließen lassen können. Ich wollte mich ein wirklich einziges Mal nach so langer Zeit, Dir, Vater, voll öffnen. Es gelang nicht. Deine Lippen blieben schmal – und unser Schweigen war kein Verstehen. Die Tochter schwieg und dem Vater fehlten die Gesten. Leid ist zutiefst geistig. Es brennt in meinen Gedanken und Gefühlen.

Eng waren wir miteinander. Du glaubtest, den „besseren Gott" zu haben – und ich konnte und wollte es nicht zulassen, Dich in diesem Glauben zu lassen. Nicht einmal im Groll konnte ich gestern und heute nachgeben – und im Grunde ist es uns beiden so ergangen. Warum habe ich nur immer von Dir erwartet, Du seiest der „Reifere“, Du müßtest doch in Deiner Profession ... Nein; es ist zu spät. Ich wollte triumphierend, großmütig, huldvoll ... Dir zuletzt meine Hand zur Versöhnung reichen. Du hast es gespürt (ich denke, Sterbende sind mit mehr als fünf Sinnen ausgestattet) – und wolltest so keinen inneren Frieden machen. Ob Du mir – noch einmal – Schuld machen wolltest? Aber ich habe doch versucht, meinem Gewissen folgend zu leben! Warum hast Du mich so gequält, so alleingelassen, so schweigend angeschaut ...?!

Mußte alles so kommen, wie es kam? Schicksal? Fügung?

Du stirbst! Ob Du meine Gedanken spürst? Ob Du meine Liebe fühlst? Ob Du meine schweigende Ohnmacht hörst?

Ich habe Angst. Angst davor, Dich nicht mehr erreicht zu haben, Dich nie mehr zu erreichen. Ich habe Angst, Dir durch mein Kommen und Schweigen möglicherweise – was ich nicht beabsichtigte – Deine Seelenruhe verwehrt zu haben. Ich habe Angst, das „Wirkliche“ zwischen uns nicht begriffen, nicht erahnt, nicht gespürt zu haben! Und ich habe Angst vor meinen Kindern dereinst ...

Und wie ich es niederschreibe, während Du uns verläßt, merke ich, daß meine Angst schwindet. Ob Du mir etwas davon weg- oder abnimmst? Ob wir uns doch tief innen so gut verstanden, daß unser Intellekt es nur nicht zugeben, wahrhaben wollte?

P.S. Der Arzt sagte mir, Du seiest tot.

Lieber „Großer Vorsitzender“,

so nannten wir Dich seit der Zeit, als wir mit Mao's Niedergang unseren Weg im Gestrüpp der Politik suchten. Jetzt bist Du ziemlich weit oben. Und ich habe Dich all die Jahre, fast in Deinem Windschatten, begleitet.

Ich habe jetzt wohl endgültig einen Punkt erreicht, wo ich mich von Deiner oder Eurer Art, mit Menschen umzugehen, trennen muß. Da Du niemandem mehr glaubst, nützt es Dir wohl auch nichts, wenn ich Dir sage, daß ich keinen Durchschlag, keine Mehrfertigung von diesem Brief machen oder haben werde ... Insofern wären diese Worte in den „ Wind gesprochen“, wenn Du das Schreiben zerknüllst (ach nein, das tust Du ja nicht!) bzw. eigenhändig durch den Papierwolf jagst.

Nein, „Großer“, ich kann nicht mehr, weil ich nicht mehr will! Seit Monaten – und ich ahne, Du hast es gemerkt – habe ich meine Verpflichtungen abgegeben, aufgelöst, erfüllt ... und nichts Neues mehr angenommen. Es ist keine spontane Entscheidung – und Du kennst mich zur Genüge, um meine Entschlüsse ernst zu nehmen (zumindest solche!). Ich habe Schuld auf mich geladen, dadurch, daß ich so lange mitgemacht habe. Ich habe Selbstrespekt verspielt, weil ich zu manch einem Projekt (und Du weißt genau, an welche ich denke!) geschwiegen habe. Ich habe Achtung verloren, weil ich zu oft halbherzig war. Ich habe – das wiegt schwer! – Freunde verloren, weil ich den Verrat an ihnen gebilligt habe, ohne Gegenwehr!

„Großer“ – ich habe die Anrede noch nie geschrieben; und ich setze sie in die berühmten Anführungsstriche –

ahnst Du, was wir an Vertrauen und Ehrlichkeit zerschlagen haben, weil wir „aufbauen“ wollten; weil wir „Gutes“ wollten; weil wir „Großes“ für unsere Region heranschaffen wollten …?! (Und manch großartige Unsinnigkeit pflegen wir nur mit den Geldern der „Döflinge“, wie Du Deine oder unsere Wähler mehrheitlich zu nennen pflegtest ..!).

Wir sind eitel, stolz, dumm durch viele Wählerstimmen, arrogant durch eine im Zwist gelähmte Opposition, wir sind selbstgerecht und engstirnig (nur *unsere!* Vorteile sehend!) an den einfachen und differenzierten, an den vielen guten, klugen, feinen und edlen Menschen (ich sehe Dein verächtliches Grinsen über mich, Deinem „lieben Sozialspinner“!) vorbeigegangen. Sag nicht: „Mir kommen die Tränen …!“ Vielleicht sollten sie kommen. Aus Scham. Aus einem Ehrgefühl heraus. Vielleicht solltest Du aus Verzweiflung heulen. Ich, Dein wohl einziger Freund, verlasse Deine Karriere, möglicherweise auch Dich.

Nein, ich erwarte kein Verständnis. Ich gebe meine Ämter aus „gesundheitlichen Gründen“ auf. Das macht sich gut. Meine Magenbeschwerden waren kein Geheimnis. (Ich habe nie so recht verstanden, wie unmäßig viel Du trinken und essen, schlucken, „wegstecken“ konntest …) Ja, ich bin zu weich. Jetzt, wo ich Deine Nachfolge antreten sollte, weil Du weiter nach oben wolltest/solltest …, jetzt mache ich „Schwächling“ Dir einen uneleganten Strich durch die Rechnung.

Aber ich kenne ja den Apparat viel zu gut, als daß da Schmutz hängenbliebe an der Partei, an Dir, an meinem Nachfolger – vielleicht nicht einmal an mir. Nein, „Großer“, ich lasse mich nicht mehr bescheißen und will auch keinem anderen mehr als Marionette eine Nummer vorspielen. Schmink Dir „Ehren und Orden“ ab – ich möchte nicht auch noch dafür, daß ich 20 Jahre!!! meines guten Lebens immer tiefer in unredliche, moralische Verstrickungen geriet, öffentlich belobigt werden. Ich möchte einen Teil Glaubwürdigkeit wiederhaben! Ich möchte meinem Magen Ruhe gönnen.

Mein „innerer Ratgeber“ (Du hast oft darüber gelacht – aber ihn ebenso oft bemüht!) hat mir längst gesagt, was ich zu tun habe!

Wenn Du diesen Brief noch liest, dann laß mich auch noch ein paar Worte zu Dir sagen. Mein Respekt *und* meine Verachtung (vielleicht ein etwas zu harter Ausdruck!) treffen Dich. Einerseits schulde ich Dir Dank und andererseits möchte ich mit Dir, wie mit einem Gegner vor der Wahl, „abrechnen“. Du tust mir leid und zugleich weiß ich, daß das als Floskel bei Dir ankommt. Ich hasse Dich nicht. Aber gern würde ich Dich ändern wollen. Soll ich Dir ein „Stückchen Sozial-Romantik“ vorschwärmen? Kehren wir zurück zu den Anfängen.

Wir wollten uns für die Demokratie engagieren; denn irgendjemand mußte es tun. Was ist davon übriggeblieben? Parteikarriere, Parteigelder, Beziehungen, „Geschäfte“, „Durchblick“ ... Da ist ein Posten, der wird ausgefüllt! Und zwar total. Bis in die Nacht. Auch an Wochenenden. Selbst im Verein!

Wir wollten mehr Gerechtigkeit für alle Menschen, wollten politische Entscheidungen transparenter, nachvollziehbarer machen. Du bist ein Meister des Verschleierns geworden. Wenigen „Auserwählten“ hast Du noch Informationen zukommen lassen. Taktische Winkelzüge, fingierte Täuschungsmanöver und Überrumpelungsstrategien beherrschst Du perfekt! „Großer Zauberer Zampano“ holte manch einen Trumpf aus dem Hut, in dem vorher nichts zu sein schien. Auch uns und mich hast Du immer wieder geblufft! Respekt zollte ich Dir lange – bis ich des Spiels müde wurde! Du aber warst und bist viel zu verliebt in das Spielen mit (Wähler-) Stimmen, mit Macht, mit Verbindungen ... Längst hast Du jenseits der Grenze der Rechtsstaatlichkeit Anleihen genommen, wenn es einen raschen Vorteil garantierte. „Das tun doch alle so!“ – war eines Deiner geflügelten Worte – und selbst wenn Du darin Recht hattest, war es kein Recht. „Großer“, laß das! Das geht weder auf Dauer gut, noch ist es im Einzelfall gut!

Laß das verrohte Umgehen mit Informationen, die Du „am Rande der Legalität“ bekommen hast! Du hast Dir teilweise private Informationen erschlichen, um sie dann zur gegebenen Zeit öffentlich ausspielen zu können. Dein angeblich so gutes Gedächtnis basiert auf der Unsumme von sehr persönlichen Daten, die Du seit Jahren systematisch speicherst. Ich erinnere Dich nur an einige medizinische Informationen, die Du „gewonnen“ hast.

Möglicherweise wirst Du diesen Brief „meiner Akte“ zufügen – aber ich habe da keine Sorge mehr, weil ich nichts mehr will!

Weißt Du noch, daß wir für „freie Meinungsäußerung“ und all jene Werte eintreten wollten? Und Du weißt, wie „man“ in den letzten Jahren mit jenen umging, die ihre unzensierte Meinung äußerten, die von „unserer“ Parteilinie abwich! Jene leidigen Personaldebatten für unsere Abgeordneten tragen immer nur die „Neuen“; die „Alten“ hatten das Sagen, das Heft in der Hand! Nein, da war keine Meinungsvielfalt mehr möglich. Diffamierungen, Leserbriefe, Verlautbarungen ... und vor allem: persönliche Anschwärzungen noch oben ... „Es gibt da eine Anzahl von Verdachtsmomenten, die es als nicht sinnvoll erscheinen lassen, Herrn ... weiterhin ...“

Nein, „Großer“. Ich gehe. Und erneut mache ich mich – wie ich es sehe – schuldig: ich gehe, und ändere damit nichts. Die verhärteten Strukturen sind längst in den Personen! In Dir. In meinem Magen. (Ich sehe übrigens Helmuts Infarkt vor zwei Jahren im gleichen Zusammenhang: Verhärtung der Kranzgefäße!)

Ich weiß um die Zunahme an anti-demokratischen Praktiken auch in „unserer großen demokratischen Volkspartei“ – und tue nichts dagegen, außer, daß ich nicht mehr mitmache. Es fällt mir nicht leicht!

Sag, wer Dich fragt, es sei mein Magen. Ich kann nicht (mehr) alles vertragen!

Ich wünsche uns Gutes! Wir sehen uns ...

Liebe Miteingeladenen,

es war im Grunde eine Freude, Sie anläßlich unserer kürzlich gemeinsamen Einladung wiederzusehen. Im nachhinein bin ich mir aber gar nicht mehr sicher, ob ich den Abend, unser Zusammentreffen, unsere Gespräche ... gutfinden soll. Mit einem sehr unbehaglichen Gefühl habe ich am späten Abend den Argumenten zugehört, habe mich zurückgehalten, bin dann als erster gegangen ... Ein Unternehmerehepaar, zwei Architekten, ein Sozialwissenschaftler, zwei Lehrer, ein Zahnarztpaar und der Mediziner ...

Zu gern hätte ich mir bei diesem Wohlstandsdebattierclub ein arbeitsloses Akademiker-Ehepaar gewünscht. Gut hätte uns ein Strafentlassener ohne Anstellung getan ... Es wäre wohl unseren Gesprächen bekommen, einen DDR-Flüchtling oder einen Spätumsiedler dabeizuhaben ... Aber so trafen *wir* uns mal wieder: alle saturiert, im Wohlstand klagend, von der fachlichen Kompetenz her ohne Verpflichtung, uns etwas beweisen zu müssen ...

Worum ging es? Im „small talk" eilten die kleinen Komplimente hin und her, erkundigte man sich nach gemeinsamen Bekannten, berichtete man vom letzten Urlaub, erzählte man von den „tollen" Lokalen, die man neuerlich ausprobiert hatte. Jeder buhlte ein wenig um die Bewunderung des Nachbarn am runden Tisch, manche „kämpften" mit ihren Geschichtchen um die Dominanz im Gespräch. Die guten Gesellschafter zelebrierten ihr geistiges Feuerwerklein – und man warf sich geübt wechselseitiges Interesse zu, wie einen Ball, den man sofort zurückzuerhalten hoffte!

Mir wurde im Verlauf des langen Abends zunehmend unwohler. Wohl vermieden wir alle, im engeren Sinn zu „politisieren“, aber „die Gesellschaft“ rückte unversehens in den Mittelpunkt. Da saßen wir sechs Ehepaare im Warmen, beim französischen Rotwein nach einem üppigen Mahl und mahnten „die anderen“, sich endlich auf das Wesentliche zu besinnen! Politiker wurden pauschal zu „käuflichen Idioten“ gestempelt; nur die (zufällige?) Anwesenheit von zwei Beamten ließ die beißende Kritik an diesem Berufsstand im Ansatz stecken. Frank und frei wurden Kniffe des Steuerbetrugs ausgetauscht, und ebenso locker wurden die parteienorientierten Auftragsbücher „mancher“ (anderer!) Architekten gerügt... Man klagte über den Kraftfahrzeugmeister, der sich nicht genügend Mühe um das Auto macht, ohne daß er „geschmiert“ wird; ärgerte sich über die unzuverlässige „Zugehfrau“, schimpfte über „die Lehrer“, die die phantastischen (eigenen) Kinder nicht zur richtigen Arbeitsmoral bringen könnten...

Hier saßen wohlbezahlte Bildungsbürger zwischen 40 und 50 Jahren und lamentierten über Alles und Jedes in unserem „moralisch zersetzten System“. Aber niemand merkte (wollte merken), daß genau wir ein Aspekt genau dieser Gesellschaft sind. Arrogante Überheblichkeit über engagierte Leserbriefe hat niemanden veranlaßt, selber einen Leserbrief zu schreiben! Man konnte zwar sagen, „worum es denn wirklich ging“, aber zurückhaltend bis feige kam überhaupt nicht der Gedanke auf, sich selber zu engagieren.

Unglaublich dumm erschienen mir zunehmend unsere Argumentationen: da redet ein Arzt von „aufopferndem Notdienst“ oder von der edlen Geste, mit einem alten Mütterchen viel länger gesprochen zu haben, als die Abrechnungsverordnung ihm „gewinnbringend“ abverlangt – zugleich beschwert er sich, daß der Klempner nachts bei einem Wasserschaden nicht kam, sondern nur die Empfehlung aussprach, den Haupthahn zu schließen, bis er in der

Frühe kommen werde! Edelmut praktiziert man nur selber – und der Arzt vergißt rasch, daß er seinen Wochenend- oder Nachtdienst hervorragend bezahlt bekommt! – Die Zahnärzte beklagen sich über das Anspruchsdenken und -verhalten ihrer Patienten – und merken nicht, wie sie selber genau diese Mentalität gezüchtet haben! Die Architekten sprechen von Baulandskandalen „der anderen"; die frustrierten Gymnasiallehrer von der Lernunwilligkeit ihrer „Herren und Damen Schüler"!

Wo bin ich denn hier hingeraten? Eine unzufriedene, alles besserwissende, vermögende, am „Ganzen" unengagierte Clique von Wohlstandsneurotikern, denen das Einkaufen im Supermarkt zutiefst zuwider, das Tanken an der Billigtankstelle ein Graus, das Vereinsleben ein „Ausbund an Primitivität"... ist! Die Größe der im Geschäft gerichteten und beruflich abschreibbaren Blumengestecke, die man der Gastgeberin artig mitbrachte, scheinen umgekehrt proportional zur Wahrhaftigkeit und Echtheit oder Natürlichkeit des eigenen Lebens zu stehen.

Ihr redet scheinbar über das „Große" und „Bedeutsame" – und wollt doch nur die Bestätigung der eigenen Meinung! Ihr Potenz-Akademiker seid als Fachleute Widerspruch nicht gewohnt. Fälschlicherweise meint Ihr Eure Schmalspur-Kompetenz auf alles übertragen zu können; der Herr Doktor erklärt der Frau Lehrerin mal, wie das denn nun wirklich mit den menschlichen Fähigkeiten und Bedürfnissen ist... und möchte eigentlich nur seine eigene Schwachheit des Rauchens kognitiv er-klären! Der Unternehmer trägt ja als Einziger zur Steigerung oder Erhaltung des Bruttosozialprodukts bei – und kann daraus, meint er, ableiten, zu sagen, wie man es machen müsse, um endlich die Gewerkschaften zum Schweigen und Nichtstun zu bekommen. Der Lehrer (von dem alle wissen, daß er sich mehr Sorgen um die maximale Ausfüllung seiner Ferien als um das Vorankommen seiner Schüler macht) formuliert Richtlinien der Erziehung, die er selber bei seinen Kindern nicht einhält! Seine Frau amüsiert sich über seine Theorien. Und der

Sozialwissenschaftler schweigt. Er wird zunehmend ruhiger.

Ich stelle eine unangenehme Diskrepanz fest zwischen Wohlleben und Wehklagen. Die „Hure Vernunft“ scheint alles begründen zu können und wollen, was man selber in Abweichung von einer Ideallinie praktiziert. Es wird gelogen, geblendet, geblufft ... Es wird behauptet, verallgemeinert, bezichtigt ... Es wird gefordert, bestimmt und verurteilt ... !! Toleranz wird klein geschrieben, Verständnis wird nur erwartet, das eigene Urteil nicht angezweifelt. Die durch akademische Titel verschönte Fassade des klugen Scheins verbirgt kleinkindhafte Wünsche des Seins! Wenn ich nur etwas weiß um die persönlichen Nöte dieser hier anwesenden Klugschwätzer, erscheinen die dargestellten Maskeraden wie das berühmte laute Singen im dunklen Walde, um ja kein ängstigendes Geräusch hören zu müssen.

Der steigende Alkoholpegel lockert (und hinterher fährt man selbstverständlich Auto!) und läßt Verbrüderungstendenzen in der gemeinsam erlebten Unzufriedenheit an sich selber entstehen. Vielleicht gesteht man jetzt in Andeutungen ein, daß man „auch“ persönliche Probleme mit anderen Menschen oder sich selber hat – aber *eigentlich* liegt das „nur“ an den anderen Menschen! Wenn doch (verdammt nochmal) alle und alles so wäre, wie man sich das im naiven Kinderglauben vorstellt ...

Hier sitzt eine Generation von Versagern! Durch glückliche Umstände in die obere Mittelschicht hineingeboren oder -gestoßen, leiden diese Abendgäste an ihren Verlusten: ihre jugendliche Spritzigkeit verwelkt, ihre Geistesblitze wiederholen sich, ihre Lebensaufgabe ist im wesentlichen erfüllt, neue, fordernde Aufgaben sind nicht mehr in Sicht. Die Kinder machen sich bereit, das Haus zu verlassen. Aber sie merken auch, daß in der Kampf- und Aufbauphase (Praxis, Büro, Firma ... aber auch Familie und Hausbau) vieles unterentwickelt blieb. Beziehungsstiftendes, gemeinsames Lernen fehlt; man hat sich eher auseinanderentwickelt. Fehlende außerberufliche Forderungen haben von dem „Leben da draußen" eher entfremdet! Nicht mehr wirklich in eine andere Lebensanschauung hineindenken zu müssen, hat zu einem verengten Blickwinkel des Lebens schlechthin geführt. Meine Begegnungen mit Juristen (an anderer Stelle) verdeutlichen mir das ebenso! Aus der erlebten und insgeheim auch zugestandenen Insuffizienz erwachsen Omnipotenz-Empfindungen, die dann allerdings in einer an Lächerlichkeit grenzenden Art und Weise von den lieben Ehefrauen „im Fluge" zerstört werden ...

So wird das Gastmahl zur diagnostischen Sitzung: das Artikulieren und „Beschwatzen" von Äußerlichkeiten und Primitivideologien verdeutlicht mir, wie wenig wirklich demokratische oder humanistische Prinzipien Eingang gefunden haben in diese Generation. Vor allem auf das eigene Vorankommen und Prestige bedacht, ist die Identität auf der Strecke geblieben. Ärzte, Anwälte, Architekten, Unternehmer ... vor allem Lehrer, die nicht ein Stück weit Philosophen sind (die auch zuhören können, die die „richtigen" Fragen stellen können), werden unsere Gesellschaft, unsere Lebensbedingungen nicht wirklich verbessern. Mir wird deutlich, wie hier parasitär ein System genutzt wird – nach dem Motto: „Schön, daß meine Kompetenz als Arzt ... notwendig ist!"

Die Vereinzelung der Berufe in ihren Interessensghettos hat das korrelative Denken zerstört. Deshalb sprach ich von Versagern! Wir wissen um die Belastung unserer Umwelt und unseres Innenlebens – und „sündigen" weiter! Mit dümmlichen Patentrezepten glauben wir Detailprobleme, die doch immer vernetzt sind, rasch lösen zu können. Am Symptom wird werbewirksam kuriert!

Falle ich nicht ein ins larmoyante Wehklagen? Ich beklage das Klagen! Ich werfe uns intellektuelle Augenwischerei vor! Unsere Sorgen und Nöte möchte ein arbeitsloser Betriebswirt, Lehrer, Biologe ... gern haben!

Wer unser Leben von außen zu sehen vermag, kann nur erschreckt den Kopf schütteln über soviel Borniertheit und

Unzufriedenheit! Was sind wir nur für schlechte Modelle für unsere Kinder! Müssen wir nicht (ist das eine asiatische Sichtweise?!) lernen, unsere subjektiven Sichtweisen (wieder?!) richtiger, objektiver einzuschätzen?! Warum bekennen wir uns nicht zu unserer großen Hilflosigkeit gesellschaftlichen Phänomenen gegenüber (man denke nur an die wahnwitzige Aufrüstung!)? Und warum vertrauen wir nicht auch auf die intuitiven Kräfte in uns, die uns vielleicht doch mehr lenken als unser Verstand uns glauben machen will!

Ich kann und will diesen Brief nicht versöhnlich beenden! Ohne unser gemeinsames Mahl im nachhinein zu „verunzieren", muß ich doch sagen, daß die Randgespräche mich eher belastet als erfreut haben. Der Blick in Ihre unterschiedlichsten Sicht- und Erlebensweisen von Welt hat mich gelehrt, daß wir voneinander für unsere Kindergeneration lernen müssen. Und dieser Blick hat mir deutlich gemacht, wie weit wir von der Realität der Mehrheit unserer Bevölkerung entfernt sind! Wollen wir das? Ich glaube schon – und darin sehe ich auch eine Niederlage.

Es ging viel Fleisch zurück in die Küche; die herrlich frischen Kartoffeln wurden nicht annähernd aufgegessen, Blumen im Überfluß, leere Weinflaschen en masse ... Symptome! Wofür? Wo sind wir? Was tun wir? Wo und wann, wie und warum treffen wir uns wieder?...

Ich habe keine Lust mehr, *so* zusammenzutreffen!

Mit nachdenklichen Grüßen
Ihr

Freundlicher Tobias-Freund ...

in all den Jahren haben wir uns kaum geschrieben, weil wir uns öfter gesehen haben, weil wir häufiger miteinander gearbeitet haben, weil wir keinen Anlaß hatten.

Doch nun ...

Du warst wieder einmal – ganz kurz! wie Du immer sagst – bei uns. Durchreisend streifst Du mich und uns, läßt einen frischen Wind von der Welt da draußen zurück – und viele Gedanken an Dich, Deine Familie, vor allem an Deine Kinder. Kennst Du dieses Gefühl, wenn ein Gewittersturm eine ruhige, stehende Luft zerwühlt, umschichtet und auffrischt? Du bist mir längst solch ein unruhiger, stürmischer Wind geworden, der vorbeizieht als wäre es ein Schicksal ...

Du hast Nadine mitgebracht. Wolltest Du sie mir vorstellen? Wolltest Du, daß sie diesen Freund der Konstanz und Ruhe kennenlernt? Wolltest Du Dein Urteil vergleichen, absichern ...? Wolltest Du einfach mal so hereinschauen? Jedenfalls war's schön. Und ich bitte Dich, zieh Vogel, öfter Deine Schwingen durch unser Gebiet!

Aber, da ist etwas, was ich Dir nur sehr zart mitteilen kann – und jedes Gespräch scheint mir dazu zu grob zu sein. Magst Du den Inhalt ahnen, laß mich doch meine Gedanken ent-wickeln, wie sie sich zwiebelschalengleich um „das Problem" legen, das Du ja auch als Deine Chance begreifst.

In den Jahren unseres Kennens und Mögens haben wir einander viel anvertraut – und ich habe manch ein Krise bei Dir miterleiden können oder dürfen. Du weißt, daß das verbindet. Meine Zuneigung zu Dir ist aber nicht verdunkelt durch grenzenlose Bewunderung oder schrankenlose Toleranz. In allem, was Du tust und denkst, sehe ich, einem Spiegel gleich, auch meine Möglichkeiten und meine „Un-Möglichkeiten". Was Dir möglich erscheint, liegt mir zuweilen aus Angst weit entfernt von jeder Realität. Manchmal scheint es aber auch schlichtweg Vernunft zu sein, die mich in den Schranken meiner selbstgewählten Möglichkeiten verbleiben läßt. Sei aber bitte sicher, daß bei allem Vergleichen, Dein Leben Dein Leben ist, daß nichts ärger wäre als der Versuch, Dich „zu machen", wie ich sein möchte ...!

Als Freund will ich mahnen, rechtzeitig(?) Signale absenden, die natürlich auch zu einer Belastung unserer Beziehung führen könnten. Aber ich traue Dir zu, daß Du das auswählst, was für Dich „brauchbar" ist, ohne mir zu verübeln, daß der eine oder andere Gedanke geäußert ist, der Dich auch verärgern könnte. Laß diese Gedanken ebenfalls vorbeiziehen, wie Gewitter. Wenn sie bei Dir etwas auslösen, werden sie gut sein. Wenn sie nichts bewirken, sind sie wenig wert.

Du nutzt voll Deine Chancen bei jenen Frauen, die Dir das geben, was Du bei Deiner Frau nur manchmal, selten ... bekommst: Verstanden zu werden in der Vielfalt Deiner Wünsche und Deiner Spontaneität. Du bist diesen Frauen sicherlich in vielerlei Hinsicht janusköpfig: Das Außen und das Innen betrachtend, das Symbol für den Übergang signalisierend, bleibst Du stets doppeldeutig in Deiner Kraft und in Deinem Wollen.

Dein Drang nach Freiheit und Lust verbietet Dir scheinbar jedes Joch, welches Du wohl immer als Abhängigkeit, Unterdrückung, ungeliebte Pflicht verstehen wirst. Dort, wo etwas mühsam durch Gewöhnung und Routine wird, verläßt Du im Überschwang Deiner Empfindungen die eingetretenen Bahnen, um Neuland zu suchen (und zu finden). Das macht Dich möglicherweise unzuverlässig, wenig berechenbar – und letztlich doch sehr berechenbar in Deiner Inkonstanz. Als Wissenschaftler weißt Du nur zu gut um unsere Privilegien des „freien Geistes“, der uns auch relativ unabhängig macht gegenüber allem, was statisch und unbeweglich erscheint. Aber weißt Du auch, daß das Wort *Joch* etwas mit dem Begriff *Yoga* zu tun hat? (Gemeinsame indoeuropäische Wortstammwurzel „yud“). Yoga will, durchaus im positiven Sinn, die Unterordnung unter geistig-seelische Prinzipien, die Körper und Geist gleichermaßen erfassen; also Selbst*disziplin*.

So sehr Du dieses Prinzip beim Training Deines Körpers beachtest, so gern verstößt Du dagegen, wenn es über Muskeln hinausgeht. Du nennst das dann liberal, freizügig, demokratisch ... Nennst Du es Selbstbestimmung? Verwendest Du den Begriff der Freiheit? Disziplin an sich ist wertlos, wenn sie nicht klar an nachvollziehbare Prinzipien gebunden ist. Die grundlegenden Prinzipien liefert uns nur die Natur. Aber im menschlichen Zusammenleben haben sich ebenfalls Prinzipien herausgebildet, die unser Zusammenleben regeln sollen. Ob diese Regeln gut, modern, human ... sind, wage ich auch zu bezweifeln ... Aber wir können nicht („Können wir wirklich nicht?“ – höre ich Dich sprechen!) ohne weiteres diese zweckmäßigen Vereinbarungen einseitig lösen oder nach unserem Gusto verändern. Wenn wir das tun, erzeugen wir Konflikte. So stellt – nach meinem Verständnis – Disziplin den Schutz des einzelnen dar, der seine Rechte gegenüber seiner Sozietät gesichert wissen will. Du als Starker kümmerst Dich wenig darum. So verunsicherst Du durch seelische Disziplinlosigkeit auch Deine Sozietät durch von ihr erlebte Willkür: Disziplin soll auch das „Kollektiv“ vor der Willkür des einzelnen schützen! Zusammenhalt wird damit gewährleistet.

Es steht für mich der Zusammenhalt Deiner Familie auf dem Spiel. Deine drei Söhne wollen Orientierung, Klarheit – aber Du schenkst Ihnen so viel Freiheiten, daß sie m. E. nicht damit (noch nicht!) zurechtkommen werden. Sie werden sich die einfachen, „schlauen“ Wege wählen, die eben auch nicht Anstrengung und Disziplin verlangen. Ihr Bemühen um etwas wird dann aufhören, wenn *Mühen* erlebt wird. Aber Du weißt doch selber, wie sehr Du Dich hast mühen müssen, um Deinen jetzigen „Stand" zu erreichen. Jetzt allerdings erlebe ich Dich so, daß Du Dich den Mühen entziehst ...

Aushalten, durchstehen, „kämpfen" ... sind martialische Begriffe, die gar nicht mehr in Deinen Sprachschatz passen. Bei Deiner „ Lustfreudigkeit" könnte ich auch sagen, daß Du nicht mehr leidensbereit bist – und genau dadurch ständig auf der Flucht bist, um Dich im Leiden nicht aushalten zu müssen. Deine vielfältigen Aktivitäten geben Dir – neben dem Geldverdienen – die Möglichkeit, außer Dir zu sein. Du kannst auch gut äußere Umstände, „doofe" Kursteilnehmer, schlechte Organisation, unhöfliche „Dienstleister" ... verantwortlich machen für Übellaune oder Engagement-Verlust ... Wird Dir das Tun zu routiniert, d.h. mußt Du nun Energien aufwenden, um etwas zu erhalten, was Du mit Schwung erzeugt hast, läßt Du die Karre schleifen; denn es dünkt Dich unedel, zweitklassig, primitiv ..., etwas (Gutes) zu bewahren. Der Reiz nach Neuem hat Dich süchtig gemacht. Natürlich klingt es fast „häßlich", wenn ich sage, Du kannst (mit Lust, hoffe ich!) Kinder zeugen; aber das dann folgende „Aufziehen" nach Regeln der liebenden Konsequenz ... das ist Dir viel zu mühsam. Das überläßt Du Deiner Frau; denn das sind eher niedere Dienste, dazu bist Du Dir zu schade. Da flüchtest Du in eine weitere Beziehung, ins Unverbindliche, ins Schöne ...

Tobbi, Dir fehlt Durchstehvermögen. Die Genialität des Augenblicks, das (Auf-)Leuchten des Moments muß überführt werden in den Glanz der bewährenden Dauer. Alles wäre „nur" Deine Angelegenheit, wenn da nicht Deine Kinder und letztlich auch Deine abhängige Frau wären ...

Wer Menschen, die er zu lieben vorgibt, „nur" finanziell gut abfindet, wer sie zu einer merkantilen Größe reduziert, lädt sich Schuld auf. Du sagst, daß genau aus diesen Zuständen den Kindern Kräfte erwüchsen, die sie anders kaum aktivieren könnten. Du möchtest sie am liebsten aus der ver-rückten Schule nehmen, weil sie dort vor allem Konkurrenz und dummes Zeug lernen. Du möchtest Deiner Frau zugestehen, so zu sein, wie Du auch bist … Und bei all dem weißt Du, daß das nicht geht, nicht gehen wird. *Du* hast noch nicht erlebt, wenn jemand anderer für Dich – fast aus heiterem Himmel – die Spielregeln während eines Matches zu seinen Gunsten ändert. Wenn Du dann zu diesem Menschen in einem Abhängigkeitsverhältnis stehst, wird es Dir, verdammt nochmal, sehr schlecht gehen. Deine Familie ist von Dir abhängig!

Es klingt so anmaßend: Fordere Dich. Fordere Deine Kinder. Weich nicht allein in's Lustprinzip aus, wo doch auch die Leistung zur Pflicht am Ganzen ihren bedeutsamen Sinn hat. Möglicherweise ist es die Korrektur im Kopf, die Euch helfen kann: Das Wissen darum, daß neben den schillernden Höhepunkten auch Grau-Phasen zum täglichen Leben gehören. Dieses Be-Mühen um bessere Formulierungen, dieses Sich-Zeit-Nehmen für scheinbar unwichtigere Dinge am Rande, dieses Unkrautzupfen, um den Garten langfristig blühen zu lassen …

Mir ist oft, als würdest Du Deine Lebensfähigkeit kumulieren in Gipfelerlebnisse – alles andere wäre nichts wert. „Wer kann sich denn mit so'm laschen Mittelmaß zufrieden geben … ?“ Steckt da nicht einerseits ein recht hohes Ausmaß an Arroganz drin – und zugleich eine Abwertung all jener, die sich (wie ich?) um Beständigkeit und „Maß“ bemühen? Ich mache mir auch Sorgen, ob Du nicht dabei „unter die Räder“ gerätst: gesundheitlich könntest Du rasch verbraucht sein … (Höre ich Dich? „Lieber kurz und heftig gelebt als lange schwach gelitten!“ …)

Damit bin ich bei meinem (meinem!) zentralen Punkt: Ich habe Sorge, daß es Dir und Euch nicht gut gehen könnte. Ich habe Sorge, daß Deine Jungen nicht tüchtig, sondern „nur“ clever werden. Ich habe Sorge, daß Deine Frau sich etwas antut. Ich habe Sorge, daß sich unser Begegnen erschöpft, daß wir uns nichts mehr zu sagen oder mit-zu-teilen hätten. Ich habe auch Sorge, daß Du mein Leben nicht billigst, daß Du Dich entziehst, weil es mühsam wird, mit solchen Gedanken konfrontiert zu werden. Darf ich Dir solche Überlegungen ungebeten zukommen lassen? Soll ichs tun?

Tobbi, im Vertrauen auf unser Fundament grüße
ich Dich herzlich …

An Euch, die Ihr mich nicht kennt,

die Ihr nicht wißt, wie es in mir und um mich aussieht, der ich mich so verschließe, weil ich Euch nicht belasten möchte, und der ich mich selber nicht verrückt machen will ... Wißt Ihr, was ich hinter der Maske der Wohlerzogenheit, hinter dem Schild der scheinbaren Stärke wirklich verborgen hielt?

Ihr bedauert und bewundert mich. Die Ärzte haben gesagt, ich hätte Multiple Sklerose – aber sie wissen wenig. Was sie wissen, weiß ich wohl inzwischen auch von dieser Enzephalomyelitis disseminata. Aber ich weiß mehr als alle Ärzte zusammen, weil ich seit Jahren diese Krankheit lebe – und lange so tat, als könne ich sie handhaben ... 365 Tage im Jahr! Ein paar Jahre.

Wen interessierte es, daß ich litt? Ich spielte alles herunter, nahm manchmal noch Anteil an Eurem Leben, das nicht mehr das meine war. Meine Unsicherheit – in mehrerlei Hinsicht – und meine Angst haben zu ständig neuen Anpassungsprozessen geführt. Ich habe gelernt – und lerne täglich, daß es nicht gut ist, nicht so zu sein, wie man sein sollte. Mein – wie ich glaube – intakter Geist beobachtet den Verfall meines Körpers, erlebt die ständig wachsenden Einschränkungen. Es ist vielleicht so als würde für Euch täglich das Tageslicht spürbar dunkler oder als würde Euch vierteljährlich ein Finger amputiert oder ... aber was sollen bildhafte Vergleiche? Wie war das, wenn ich zurückschaue?

Ihr da draußen erlebt mit, daß ich immer schlechter gehe. Und ich merke das – und quäle mich weiterhin vom Auto zum Einkaufen, mich freuend, daß es noch klappt – und wissend, daß ich dabei bin, Abschied zu nehmen. Meine Welt wird permanent kleiner. Die Zeiten, in denen ich das Bett hüten muß, werden zunehmend länger. Das seht Ihr nicht.

Anfangs war es „nur“ meine rasche Ermüdbarkeit, war es mir auffallende Unkonzentriertheit, war es eine allgemeine Verlangsamung. Die ersten Ärzte sprachen von der Möglichkeit einer Überarbeitung, einer psychovegetativen Fehlregulation und empfahlen eine Kur. Ich wußte, daß im Körper etwas ablief, was fremd war. Ich ahnte, daß es Schlimmeres sei als man mir sagte oder sagen wollte.

Ich erlebte Schwierigkeiten. Mit meinem Körper stimmte etwas nicht. Gut, das ging noch. Aber ich empfand soziale Schwierigkeiten mit meiner Frau, meinen Kindern. Sie schauten mich an. Sie wurden anders. Anfangs rücksichtsvoller, später viel zu realistisch. Irgendwann tauchte das Wort von der Nervenerkrankung auf. Eng damit verbunden blieben unsere Hoffnungen. Ich betete neu mit Kinderinbrunst. Und dann war es da: dieses andere, scheußliche, hoffnungstötende, furchtbare Wort: *unheilbar*.

Daß manche Menschen hinter mir leise den Verdacht äußerten, ich sei „sicherlich betrunken“, hat mich anfangs schwer getroffen. Ich lief unsicher weiter. Daß mich Kollegen im Betrieb insgeheim und auch öffentlich beneideten, weil ich „mildernde“ Arbeitsbedingungen angeboten bekam, nahm ich mit Grimm und einer gewissen Gelassenheit hin. Alles war noch geprägt von dem Stempel: vorübergehend. Aber dann fiel der vieltonnenschwere Schmiedehammer: unheilbar. Und ich weiß noch, wie schonend alle diesen Hammer handhabten. Billiger Trost, utopische Hoffnungen, dümmliche Verniedlichungen, Versprechungen ... Plötzlich, sehr plötzlich wußte ich um eine, vielleicht die große Schwäche unserer Gattung Mensch: Feigheit. Jeder wußte ein Stück, wie ich nun als Ewig-Behinderter zu denken und zu fühlen hätte. Wer hörte schon zu? Machte ich meiner Frau nicht genügend Sorgen? Sollte ich ihr meine nichtgeweinten Tränen, meine anfangs gedachten

Suizid-Gedanken … anvertrauen? Nein, ich wollte niemanden belasten. Wie man das tut? Ganz einfach: man lügt! Auf die Lügefrage: „Na, Herr … wie geht's denn?!" dachte ich: „Idiot, siehst Du nicht, daß ich mich am Stock entlangschleppe – von ‚Gehen' gar keine Rede!" und log: „Ach, danke, den Umständen entsprechend!" Dann kommt meist so etwas, wie: „Kann ich Ihnen 'was abnehmen …?" und mein: „Nein, danke … ich schaff's schon" ließ es die lieben Mitmenschen dann oft eilig haben …

Nichts mehr ist mir eilig. Man wollte, daß ich in den Äußerlichkeiten stark war. Und ich war so, als ob ich stark wäre. Ich zeigte stundenweise das Bild der Tapferkeit, der Ruhe und einer möglichst heiteren Gelassenheit, um den Gesunden Eindruck zu machen – vor allem aber, um ihnen ihre eigene Beruhigung zu lassen. Ich lernte mit allem lügen.

Ich las über meine Krankheit und belog die Ärzte. Ich las über die „untrügerische" Körpersprache und betrog meine Umwelt. Ich hatte Darm- und Blasennöte und täuschte meine Familie. Ich leugnete meine Angst und freundete mich an mit einem Machtgedanken, der mir bei der wachsenden Ohnmacht blieb: der Freitod muß möglich bleiben, falls mir die Kraft zur Hoffnung versagt und das Leiden für mich und die Meinen überwiegt …

Aber ich geriet durch das körperliche Gebrechen immer mehr unter seelischen Druck. Meine anfängliche Angst wurde vorübergehend zur Phobie – und löste sich später auf; denn ich gewann die Kraft, mich als Dauerbehinderten zu sehen. Aber es kamen schwerwiegende, neue Probleme: Impotenz, Eifersuchtsprobleme, Zerwürfnisse mit den Kindern, über die ich jede Macht, jeden Einfluß verlor. Zuweilen Sprachstörungen, immer häufiger machte ich in die Hose, weil ich das Wasser nicht halten konnte. Technische Hilfen erleichterten die physischen, erschwerten aber alle psychischen Abläufe des täglichen Lebens. Und bei allem sollte ich mitspielen, „überspielen", „tapfer sein" …

Der Zugang zur Welt war mir zunehmend verschlossen.

Ich blieb Gast am Zaun. Wer mich sah und von früher kannte, winkte mir scheueilig zu ... Und ich wurde stumm. Die Apathie ließ mich einen geistig-seelischen Suizid begehen. In der psychischen und geistig-sozialen Isolation wurde das Moment der Selbstaufgabe so überwiegend, daß ich auf meine Umwelt den Eindruck des tumben Tors machte: ich schien nichts wahrzunehmen, deutete keine Interessen an, bekundete keine Anteilnahme. Später sagte mir meine Frau, ich wäre von allen Symptomen und Verhaltensweisen her wie ein Säugling oder Kleinkind gewesen. Ich ahnte nur schwach, welche Zumutung ich wohl für meine Umwelt war. Und meine Umwelt wußte nichts von mir. Ich lag im Glassarg, ernährt und medizintechnisch sauber gehalten ... ohne Kraft, ohne Kontakt, ohne Willen ... Wer hätte mir denn Interesse entgegenbringen sollen? Solange ich am Leben war, würde die Rente, von der meine Familie lebte, besser sein. Also lebte ich noch etwas.

Irgendwann saß immer häufiger ein junger Mann an meinem Bett. Er stellte Fragen (wirklich?). Er hörte zu, wenn ich etwas sagte. Ich verlor meine Angst, mich zu äußern, von mir zu sprechen. Ich wartete auf ihn und teilte meine Zeit danach ein, wann er wieder kommen würde. Irgendwann wollte ich wissen, warum er käme – und woher er käme. „Wer hat sie geschickt?" – „Ich bin Teilnehmer eines Programms zur Erforschung der MS-Kranken. Als Psychologe interessieren mich die zwischenmenschlichen Begleitumstände dieser Kranken."

Meine Ent-täuschung war nur vorübergehend. Die empfundene Kränkung, daß er nicht meinetwegen kam, verlor sich in der Vorstellung, daß ich vielleicht anderen helfen konnte. Und mein junger Gesprächspartner lehrte mich zum ersten Mal, daß ich lernen mußte, die Gesunden in ihrer Betroffenheit meiner Krankheit gegenüber zu verstehen. Und er veranlaßte etwas Unglaubliches: er führte mich zum ersten Mal mit Leidensgenossen zusammen. Ich erkannte mich dort wieder: da war der noch relativ kurzfristig Erkrankte, der stets so tat „als ob". Als ob er nicht krank sei, distanzierte er sich von den Kränkeren, machte sich zum Helfer und Pfleger, sorgte für überspielende Stimmung ...

Da war der „waidwunde Held“, dem im Schlachtfeld des Lebens Unrecht widerfahren war – gerade ihm, der immer so vernünftig gelebt hat. Alles drehte sich um seine Krankheit (keiner hatte es so schlimm wie er – meinte er) – und alle sollten ihn ob seiner Tapferkeit bewundern. Ich kannte die Phase der Angstlüge nur zu gut. Jetzt wurde es mir eigentlich erst klar.

Eine jüngere Frau war die „Beschwichtigerin“: sie hätte keine Probleme, sie komme bestens mit allen Leuten klar, sie habe keine Schwierigkeiten. Nur: leider sei sie krank. Das würde alles besser werden. Selbstbetrug. Auch daran erinnerte ich mich. Warte nur ... „Auch du wirst“, sagte ich in Gedanken, „bald das Denken und die permanente, aktive Auseinandersetzung mit der Krankheit aufgeben. Irgendwann wirst du werden, was ich war: du läßt dich gehen, hängen und fallen und wirst zum puren ‚Stoffwechsler‘.“

Aber: es geschah ja etwas mit mir! Ein dem Ende zuschleichender Prozeß war aufgehalten worden. Die Gruppe und unser Gespräch übernahmen zunehmend die Bedeutung, die der Psychologe gehabt hatte. Ich gewann eine neue Einstellung zu mir, zu meiner Frau. Zu meinen sehr selbständigen Kindern bekam ich eine neue Schiene des Kontakts.

Ein sanfter, unmerklicher Ruck hat mich herumgeworfen. Ich fing wieder an zu leben. Meine Meinung bei meinen Gruppenkollegen war gefragt. Daß ich im Rollstuhl fuhr, war mir – früher Alptraum – heute eine wohlgelittene Erleichterung. Sollte es nicht möglich sein, anderen diese erlebte Depressions-Hölle zu ersparen?! Sollte ich nicht der „Beschwichtigerin“ Mut machen, ehrlicher zu sein, statt darauf zu warten, wie sie die Phase wechselt?

Ich gewann eine völlig veränderte Einstellung zu meiner Krankheit. Ich begriff sie als Chance, Leben schlichtweg anders zu sehen. Ich lernte auf kleine Dinge zu schauen. Ich schätzte die einfache Geste, erfreute mich am „Lächeln der Welt“. Täglich neu.

Als mein Groll mich verließ, wurde ich weicher. Ich konnte mich wieder den Menschen zuwenden, erlebte ein springendes Kind nicht mehr als selbstgeißelnde Frage: „Warum, warum gerade ich ...!?“ Ich gewann Leben, neues Leben aus der Enge des Dunklen, der Hoffnungslosigkeit.

Mein Therapeut bat mich, rückschauend zu schildern, was mich bewegte, was mich veränderte. Ich bin durch meine Ohnmacht (hindurch-)gewachsen – und ich bin Menschen dankbar, die mich nicht fallen ließen.

Es ist gut, wenn wir mehr voneinander kennen. Lernen wir voneinander ...

Liebe Eltern,

wieder einmal seid Ihr bei uns in den Ferien gewesen. Ihr seid früher abgefahren als geplant, wie im letzten Jahr... Schade – und doch ist es ganz gut so. Ihr habt selber gemerkt, daß die Stimmung immer schlechter wurde, daß jeder Abend mühsamer vorbeiging.

Was ist los? Bernhard und ich, als Eure einzige Tochter, sprechen oft davon. Denkt bitte *nicht,* daß wir Euch lieber fahren als kommen sehen! Nein, so ist das nicht. Wir sind Euch wirklich zugetan, aber... Ich will versuchen, Euch dieses, mein *Aber* zu erklären, selbst auf die Gefahr hin, daß Ihr mir böse seid. Andererseits kann ich mir gar nicht vorstellen, daß Ihr Euch von uns abwendet, wo doch unsere Beziehung nicht nur deshalb gut ist, weil Ihr meine Eltern seid! Auch Bernhard mag Euch und steht zu Euch. Und wir wissen, daß Ihr es gut mit uns meint. Gerade weil wir dies wissen, bin ich auch sicher, daß Ihr diese Zeilen richtig versteht: denn „unser Bestes" beinhaltet auch ein gutes Verhältnis zu Euch.

Ich möchte jetzt versuchen, Euch zu verdeutlichen, was sich unserer Meinung nach verbessern läßt, um ein erfreulicheres Miteinander-Umgehen zu ermöglichen.

Ihr seid stets um „unser Bestes" bemüht; Ihr sagt: „Wir meinen es doch nur gut mit Euch!" Und Ihr tut dann, was Ihr meint, was für uns gut ist.

Wenn ich jetzt einzelne Beispiele aufzähle, möchte ich, daß Ihr an konkreten Fällen erkennt, worum es uns geht.

(B 1. TA)

Mutti, Du kochst bei uns – und meinst es nett, und es ist auch nett. Aber zum einen kochst Du, was Dir sinnvoll erscheint, und zum andern kochst Du, wie Du es für richtig hältst. Reichlich Butter ist bei Dir oberstes Gebot, das lange Kochen des Gemüses, das Andicken der Saucen … Meine Hinweise auf etwas neuere, und ich glaube gesündere, Ernährungsweisen weist Du brüsk zurück. Entweder Du erklärst alles für Quatsch und behandelst mich wie ein kleines Mädchen – oder Du ziehst Dich beleidigt zurück.

Abends läuft beim Fernsehen oft folgendes ab: Ihr habt Euch am Tag entschieden (!), was Ihr gern sehen würdet. Ihr seid dann beleidigt, wenn wir gern etwas anderes oder gar nichts sehen, sondern lesen möchten. Oft geben wir einfach nach, um Ruhe zu haben. Wenn Bernhard dann verschwindet, nehmt Ihr ihm das auch noch übel und werft ihm mangelnden Familiensinn vor. Paps, Du diskutierst gern. Deine Lebenserfahrung – Du bist weit herumgekommen – und Dein stetes Interesse an allen politischen Fragen machen Dich im Grunde zu einem interessanten Gesprächspartner. Auf der Grundlage Deiner Erfahrungen hast Du Dein (sicherlich ja berechtigtes und verständliches) politisches „Konzept“ gefunden. Wenn es zur Sprache kommt und jemand ist abweichender Meinung, wird er von Dir beschimpft („keine Ahnung …“ – „Grüner Junge …“ – „In Ihrem Alter haben wir …“ usw.), lächerlich gemacht oder schlichtweg für dumm erklärt. Bernhard und ich möchten nicht, daß Du *nichts* mehr sagst, auch nicht, daß Du Deine Meinung änderst. Nur: verlange bitte nicht, daß wir auch so denken müssen wie Du. Es trifft mich schwer, wenn Du mich oder Bernhard nur aus dem Grund, weil wir bei bestimmten Dingen anders denken, „verteufelst“, ja wie unmündige Kinder behandelst. – Wenn ich dieses Problemfeld jetzt aus Deinen Augen sehe, wirst Du sagen, wir seien keine angemessenen Gesprächspartner. Wir seien „nur“ falsch erzogen, wären verwöhnt, hätten eine zu ausgeprägte Anspruchshaltung … Ich möchte, lieber Paps, doch „nur“ (!) erreichen, daß wir uns wieder besser verstehen! Es ist meines Erachtens keine Lösung, wenn wir in Zukunft Themen zur Tagespolitik, zum Bauen, zum Steuerproblem usw. einfach weglassen.

Und noch ein wesentliches Problem muß ich ansprechen.

Ihr habt mich erzogen. Manchmal auch mit Schlägen, meist mit guten Worten und besten Absichten. Eure eigene Erziehung war ganz anders – ich betone: ganz anders – als wir unseren Stefan erziehen.

Was Eure Eltern erziehungsmäßig taten, halten wir heute für ziemlich unangebracht – zumindest hinsichtlich einiger Prinzipien: Schläge, härteste Strafen usw. Aber auch die bei Euch von mir oft beobachtete Neigung, mit Stefan über ganz bestimmte Themen gar nicht, sehr widerwillig oder unaufrichtig zu sprechen. Solche Themen sind Religion, Sexualität und Liebe. Er fragte neulich, ob Du, Paps, die Oma wirklich liebst?! Du sagtest: „Ja, natürlich." Als er dann fragte, warum Du dann so oft mit ihr schimpfst, entgegnetest Du ärgerlich: „Das hat damit nichts zu tun – und außerdem verstehst du das nicht!" ... Stefan kam hinterher (ich hörte zufällig Euer Gespräch) zu mir und sagte: „Der Opa mag mich gar nicht. Der ist immer so streng!" Wenn ich Dir davon erzählt hätte, wärst Du, Paps, entweder wieder getroffen, beleidigt oder aggressiv geworden ... Also meiden auch wir solche Themen. Und Du, Mutti, funkst auch oft – sogar in unserer Anwesenheit – in unsere Erziehung. Du machst das nicht so direkt, aber Du gibst klar zu verstehen, daß wir es in Deinen Augen falsch machen – und sagst das vor Stefan.

Auch hier möchte ich wieder betonen, daß Ihr nicht so sein könnt, sollt, müßt ... wie wir das sind. Dazu sind unsere Erfahrungen zu unterschiedlich. Aber: Bitte verlangt nicht von uns, so zu sein und zu handeln, wie Ihr Euch das vorstellt oder wünscht. Das hat von unserer Seite nichts mit „Oppositionsgeist" zu tun. Wir möchten nur unseren Lebensstil leben und bisher ist das ja – das müßt Ihr zugeben! – ganz gut gelungen.

Ich könnte dieses *Aber* weiter fortsetzen. (Vielleicht ermuntert Ihr mich dazu?) Mir geht es darum, festzuhalten, was wir in Zukunft besser machen könnten! Ich weiß, daß das schwer ist. Letztlich sehe ich aber keine andere Möglichkeit, miteinander besser „klarzukommen“, als unsere „Spielregeln“ abzusprechen. Dies will ich nun zum Schluß versuchen.

Vor allem wünschen wir uns drei Dinge von Euch: Versucht doch, die Meinung anderer gelten zu lassen. Versucht auch bitte, Dinge geschehen zu lassen und zurückhaltender zu sein.

Über den ersten Punkt habe ich ja bereits gesprochen. Mit dem „geschehen lassen können“ meine ich folgendes: Habt bitte nicht sofort und stets Einwände, wenn wir einmal etwas (für Euch) Neues „erproben“. Sei das beim Essen, bei unserer Kleidung, bei Besuch, den wir einladen, oder bei Geschenken, die wir machen. Ist Euch aufgefallen, daß Ihr alles kommentiert, meist ablehnt und uns sagt, wie wir es richtiger machen müßten? Die Folge von Eurem Verhalten ist, daß wir uns immer mehr abwenden von unserem normalen Leben, wenn Ihr da seid. Es ist oft gar nicht das, was Ihr sagt, sondern oft gerade das, was Ihr nicht sagt. Euer Mienenspiel, Eure Haltung, Euer „Na ja, dann meinetwegen ...“ Stefan merkt das auch. Er ist dann immer ganz verunsichert. Denn bei uns darf er sehr direkt fragen und reden. Ihr lehnt das oft ab, ohne es auszusprechen. Bitte, laßt es geschehen! Mit dem „zurückhaltender sein“ meine ich dreierlei. Oben sagte ich etwas darüber, wie Ihr Eure „rasche Meinung“ etwas bremsen könntet. Dann aber wären wir auch dankbar für etwas Zurückhaltung in „sachlichen und materiellen Dingen“. Damit meine ich folgendes: Eure Großzügigkeit einerseits und Eure Sachkenntnis andererseits läßt Euch stets sehr rasch handeln. Wenn Bernhard z. B. meint, man könnte irgendwo noch ein Regal anbringen, dann kauft Ihr sofort eines und bringt es an, oft sogar an einer anderen Stelle, als wir es möchten. Ebenso besorgst Du, Mutti, oft etwas für die Küche, räumst um ... Sicher meint Ihr es auch gut, wenn wir auswärts zum Essen gehen. Ihr seid dann sehr großzügig, und wir haben das Gefühl, Euch etwas schuldig zu sein ... Und zum dritten möchten wir Euch um Zurückhaltung bitten, wenn Ihr Nachbarn oder gar Fremden alles mögliche von uns erzählt. „Ja, mein Schwiegersohn ist ... unsere Tochter hat ...“ Das sind Dinge, die eigentlich keinen etwas angehen.

Ich versuche, den letzten Punkt zusammenzufassen: Wir würden nie Euren Rat mißachten, wir hören ihn gern – aber bitte überlaßt uns in unserem Haus die Entscheidung. Bitte fragt uns, wenn Ihr etwas zu ändern vorschlagt, tut es nicht gleich selbst.

Bitte, nehmt uns als „erwachsene Partner“ ernst. Bitte seid mit Rat und Tat da, wenn wir Euch fragen ...

Wenn ich mir vorstelle, wie Ihr bis hierher den Brief gelesen habt, kann ich mir denken, daß Ihr erschreckt seid. Im Grunde sind das aber alles Gedanken, die wir Euch schon öfters, wenn auch manchmal nur andeutungsweise, gesagt oder mitgeteilt haben. Jetzt kommt es nur so massiv. Wir sind aber sicher, daß Ihr diese Worte richtig aufnehmt: wir werden uns alle bemühen müssen, einander (noch!) besser zu verstehen.

Ich möchte Euch bitten, auch uns mitzuteilen, was Ihr an unserem Verhalten geändert wissen möchtet.

Bitte, laßt bald etwas von Euch hören. Es grüßen Euch ganz herzlich

Euer Bernhard und Eure Erika

Knud Eike Buchmann

Lebe jetzt!

Das Glück der Lebensbejahung
Band 1120, 128 Seiten

Oft unbemerkt steckt ein Lebensverzicht hinter vielen seelischen Erkrankungen. Gegen diese innere Erschlaffung steckt der Autor „Felder der Selbstbejahung“ ab, auf denen man täglich neue Eigendynamik entwickeln kann. Mit vielen praktischen Übungen.

Du selbst bist deines Glückes Schmied

Keine Angst vor Eigenverantwortung
Band 1179, 128 Seiten

Echtes Lebensglück hängt nicht allein von den äußeren Lebensbedingungen ab, es kommt vor allem auf die persönliche Lebenseinstellung an. Darauf können wir bestimmend Einfluß nehmen. Wie – das schildert hier ein erfahrener Therapeut.

So lebst du besser

Mehr Lebensglück durch Selbstberatung
Band 1299, 128 Seiten

Man kann schon durch kleine Verhaltensänderungen seine Lebensqualität oft verbessern. Einfache Fragebögen und Arbeitsblätter helfen, den richtigen Ansatzpunkt zu finden. Ein Übungsbuch mit vielen Praxisbeispielen.